# SUYA POR UN PRECIO

## CAITLIN CREWS

HARLEQUIN™

Editado por Harlequin Ibérica.
Una división de HarperCollins Ibérica, S.A.
Núñez de Balboa, 56
28001 Madrid

I.S.B.N.: 978-84-687-7379-7
Depósito legal: M-34557-2015
Impresión en CPI (Barcelona)
Fecha impresion para Argentina: 11.7.16
Distribuidor exclusivo para España: LOGISTA
Distribuidores para México: CODIPLYRSA y Despacho Flores
Distribuidores para Argentina: Interior, DGP, S.A. Alvarado 2118.
Cap. Fed./Buenos Aires y Gran Buenos Aires, VACCARO HNOS.

# Capítulo 1

SI SE quedaba muy quieta y contenía el aliento, Mattie Whitaker estaba segura de que podría rebobinar las palabras que Chase, su hermano mayor, acababa de decirle y borrarlas completamente. La lluvia gélida caía a mares sobre la vieja mansión que se hallaba a dos horas de Manhattan. El viento de octubre batía contra los árboles y el césped, marrón y maltrecho, descendía hacia el río Hudson. Dentro de la sólida casa de ladrillo llamada Greenleigh, aunque no quedaba casi nada verde, y detrás de ella, Chase estaba en silencio en la mesa de despacho que ella siempre consideraría de su padre, independientemente de los muchos meses que habían pasado desde su fallecimiento. No rebobinaría ni borraría nada, no escaparía de lo que sabía que se avecinaba. Sin embargo, si era sincera, siempre había sabido que ese día llegaría antes o después.

—No te he oído bien —acabó diciendo ella.

—Los dos sabemos que sí me has oído.

Debería haberse sentido mejor porque él parecía tan afectado como ella, lo cual era preferible a la distancia cortés con que solía tratarla, pero se sintió igual.

—Entonces, repítelo.

Apoyó una mano en el helador marco de la ventana que tenía delante y dejó que el frío se adueñara de ella. Llorar por lo inevitable no servía de nada, como habría dicho su padre en ese tono desolado e impasible que solía emplear desde que murió su madre. «Ahorra las lágrimas para las cosas que puedas cambiar, Mattie».

Chase suspiró y ella supo que, si se daba la vuelta para mirarlo, vería que era una pálida sombra del sonriente y bromista muchacho que salía en la prensa sensacionalista británica durante su vida de soltero en Londres, donde había vivido por una especie de homenaje a su difunta madre británica. Habían pasado cuatro largos y complicados meses desde que su padre había muerto inesperadamente. Suponía que habían sido más complicados para Chase, quien tenía que estar a la altura del genio empresarial de su padre, pero no tenía ganas de ser generosa en ese momento y no se dio la vuelta. Eso podría convertir todo aquello en real.

Una vocecita interior le susurró que dar la espalda a la realidad tampoco había dado resultado nunca y recordó todo lo que quería olvidar; el olor a cuero de los asientos de ese  maldito coche, el chirrido de los neumáticos, su propia voz cantando... Lo dejó a un lado implacablemente, pero le temblaban las manos.

—Me prometiste que lo haríamos juntos —replicó Chase sin alterarse en vez de repetir lo que había dicho.

Era verdad. Ella había dicho eso en el entierro de su padre, cuando estaba desgarrada por el dolor y no pensaba en lo que implicaba.

—Mats, ahora estamos tú y yo solos —añadió su hermano.

Hacía mucho tiempo que no la llamaba así, desde que quedaron atrapados juntos en aquel coche, y no soportaba que lo hiciera en ese momento y por un motivo tan rastrero. Se blindó contra él.

—Tú, yo y ese marido al que quieres venderme como una especie de vaca bien cebada, querrás decir —le corrigió ella en un tono frío para disimular el pánico—. No me había dado cuenta de que estábamos viviendo en la Edad Media.

—Papá dejó muy claro que los matrimonios inteligentes y bien elegidos llevaban a mejores resultados empresariales.

Chase lo dijo con sarcasmo, o quizá fuese con amargura, y ella acabó dándose la vuelta. Él la miraba con los ojos azules vacíos y los brazos cruzados sobre el pecho.

–Yo estoy en el mismo barco –siguió su hermano–. Amos Elliott lleva atacándome desde el día del entierro, pero también me ha dicho que, si me quedo con una de sus hijas, mi relación con el Consejo de Administración será mucho más placentera. Ya somos dos en la Edad Media, Mattie.

Ella se rio, pero fue un sonido hueco.

–¿Debería consolarme? Pues no me consuela, solo es un poco más de desdicha para todos.

–Necesitamos dinero y respaldo o perderemos la empresa. Así de claro. Los accionistas están amotinados. Amos Elliott y el Consejo de Administración están conspirando para derribarme mientras hablamos. Es nuestro legado y estamos a punto de perderlo.

También era lo que quedaba de ellos. Él no lo había dicho, pero le retumbó por dentro como si lo hubiese gritado con un megáfono, y también oyó el resto, lo que le recordaba que ella tenía la culpa por la pérdida de su madre, aunque él no tenía que recordárselo. Nunca había tenido que recordárselo y no se lo había recordado. No pasaba un segundo sin que ella se lo recordase a sí misma. Aun así...

–Es un sacrificio muy considerable, por decirlo suavemente –comentó ella, porque era lo que habría dicho la muchacha irreflexiva, despreocupada y algo temeraria que ella representaba en la prensa sensacionalista–. Para mí, podría ser la ocasión de desentenderme, de empezar una vida sin tener que preocuparme por la censura de mis padres o de los accionistas de Whitaker Industries –observó la dura expresión de su hermano, como si fuese una desconocida para él, y también se reprochó eso–. Tú podrías hacer lo mismo.

–Sí –reconoció Chase en un tono frío–, pero, entonces, seríamos esos inútiles que papá ya creía que éramos. Yo no puedo vivir con eso y creo que tú tampoco. Además, me imagino que ya sabías que no teníamos otra alternativa cuando viniste aquí.

–¿Quieres decir cuando contesté a tus convocatorias?

Mattie cerró los puños. Era mejor que llorar, cualquier cosa era mejor que llorar. Sobre todo, porque Chase tenía razón. Ella no podía vivir con lo que había hecho hacía veinte años y tampoco podría vivir con las secuelas si se desentendía de las ruinas de su familia en ese momento. En última instancia, ella tenía la culpa de todo eso. Lo mínimo que podía hacer era ayudar a arreglarlo.

–¿Cuánto hace que volviste de Londres?

–Una semana –contestó su hermano con cautela.

–Y solo me has llamado cuando necesitas que me venda. Me siento conmovida.

–Muy bien –Chase se pasó una mano por el pelo oscuro–, conviérteme en el enemigo, pero eso no cambia nada.

–Sí –reconoció ella avergonzada por ensañarse con él, aunque no podía evitarlo–. Lo sabía antes de venir aquí, pero eso no significa que esté encantada de meterme en esa noche profunda y oscura que es Nicodemus Stathis.

Chase esbozó lo que podría haber sido una sonrisa si hubiesen sido unos tiempos más felices, si uno de los dos hubiese tenido alguna elección, si él le hubiese sonreído a menudo durante los últimos veinte años.

–No te olvides de decírselo tú misma. Estoy seguro de que le parecerá divertido.

–Nicodemus siempre me ha encontrado muy divertida.

Su puso muy recta y se sintió mejor al decir esa

mentira descomunal. También se sintió mejor al hablar en un tono animado y alisarse el vestido intencionadamente negro que se había puesto.

–Estoy segura de que, si se lo preguntas, será el primero de los cinco motivos por los que siempre se ha empeñado en que quería casarse conmigo. Ese y la fantasía de unir nuestros dos reinos empresariales como una especie de sueño lúbrico en el que él es el señor del castillo con la más grande, larga, gorda...

Entonces, un poco tarde, se acordó de que estaba hablando con su hermano mayor y sonrió levemente.

–Participación en la empresa –se corrigió ella–. La participación más grande.

–Claro, eso era lo que querías decir –replicó Chase con ironía.

Ella, sin embargo, captó algo parecido a una disculpa, a una especie de dolor, debajo de lo que casi había parecido una risa. Él tenía las manos atadas. El gran Bart Whitaker había sido una institución y nadie había esperado que cayera muerto hacía cuatro meses, Bart el que menos de todos. No había habido tiempo para preparar nada. No hubo tiempo de allanar el camino de Chase desde su cómoda vida como vicepresidente en Londres a su nuevo cargo como presidente y consejero delegado de Whitaker Industries, que siempre había sido la intención de Bart. No hubo tiempo de aplacar los temores del consejo y los accionistas más importantes, quienes solo conocían a Chase por lo que leían en la prensa sensacionalista británica. No hubo tiempo de duelo cuando había demasiados obstáculos, demasiados riesgos y demasiados enemigos.

Su padre había amado la empresa que había levantado su propio abuelo con poco más que el tesón innato de los Whitaker y el deseo de superar a Andrew Carnegie y los que eran como él.

Mattie creía que Chase y ella siempre habían querido

a su padre a su manera, sobre todo, después de que hubiesen perdido a su madre y solo les quedara el gran Bart. Eso significaba que harían lo que tenían que hacer. No había escapatoria y, si era sincera, lo había sabido desde mucho antes de que su padre muriera. Era tan inevitable como la llegada del crudo invierno a Nueva York y no tenía sentido fingir lo contrario. Haría de tripas corazón y pasaría por alto ese dolor profundo y sombrío que sentía por dentro, pasaría por alto que le aterraba lo que Nicodemus Stathis hacía que sintiera y lo fácil que sería dejarse arrastrar por él hasta que no quedara nada de ella. Sin embargo, se lo debía a ellos, a todos ellos.

—Él ya está aquí, ¿verdad? —preguntó ella cuando ya no podía posponerlo más.

Chase la miró a los ojos, algo que le pareció un punto a su favor, aunque no se sentía especialmente generosa en ese momento.

—Dijo que te esperaría en la biblioteca.

Ella no volvió a mirar a su hermano. Miró a la mesa de cerezo y echó de menos a su padre con una fuerza que casi la mareó. Habría hecho cualquier cosa por ver otra vez su rostro curtido y por oír su voz atronadora aunque le ordenara que hiciese exactamente eso, como había amenazado con hacer muchas veces durante los últimos diez años. En ese momento, todo era inestable y peligroso. Bart había desaparecido y ellos eran los únicos Whitaker que quedaban. Chase y ella contra el mundo. Aunque habían estado separados desde que su aristocrática madre murió; distintos internados en la campiña inglesa, universidades en países alejados y vidas como adultos en las orillas opuestas del océano Atlántico. Sin embargo, ella sabía que eso también era culpa suya. Era la culpable y aceptaría la sentencia, aunque no tan elegantemente como debería.

–Muy bien –comentó con desenfado mientras se dirigía hacia la puerta–, espero que te veamos en la boda, Chase. Yo seré a la que arrastren encadenada al altar, es posible que literalmente. Será como sacrificar a una virgen para apaciguar al insaciable dragón. Intentaré no gritar demasiado fuerte mientras me queman viva, etcétera.

–Si yo pudiera cambiar algo –Chase suspiró–, lo haría. Sabes que es verdad.

Sin embargo, él podría haber hablado de muchas cosas y ella sabía que la verdad era que se había ahorrado las lágrimas porque eran inútiles. Además, quizá también salvara la empresa familiar y era lo mínimo que podía hacer. Nicodemus Stathis quizá le hubiese amargado la existencia casi desde que tenía uso de razón, pero podría con él, había podido durante años. Podía hacer lo que tenía que hacer. Levantó la cabeza como si se lo creyera y se marchó para por fin aliviar su remordimiento y cumplir con su obligación, aunque le pareciera que se dirigía directamente hacia su fatídico destino.


Lo peor de Nicodemus Stathis era que era impresionante, pensó ella algo más tarde con esa mezcla de deseo indeseado y pánico irracional que él le producía siempre. Tan impresionante que se sentía tentada de pasar por alto el resto de cosas que también era, como tremendamente peligroso para ella. Tan impresionante que conseguía enredar el asunto y hacía que perdiera la esperanza en sí misma. Tan ridículamente impresionante que resultaba injusto.

Estaba junto a las puertas acristaladas del extremo opuesto de la biblioteca. Sus amplias espaldas miraban hacia la calidez y la luz de la habitación repleta de libros y él dirigía su atención hacia la grisura y humedad del exterior. Estaba sereno, pero eso no bastaba para ocultar que era el hombre más despiadado e implacable que había conocido. Era algo evidente a simple vista. El tupido pelo negro, la elegancia con que mantenía quieta esa figura evidentemente peligrosa, la boca severa y cautivadora que veía reflejada en el cristal. La amenaza que su ropa refinada no podía disimular. No se dio la vuelta para mirarla, pero ella sabía perfectamente que él sabía que estaba allí. Supo cuándo bajó las escaleras que llevaban al vestíbulo que había al lado de la biblioteca. Él siempre lo sabía todo. Había pensado muchas veces que era medio felino. No le gustaba hacer conjeturas sobre la otra mitad, pero estaba casi segura de que también tenía colmillos.

—Espero que no estés regodeándote, Nicodemus.

Ella lo dijo con energía porque pensó que limitarse a esperar a que se diese la vuelta y le clavase esos sombríos ojos oscuros podía marearla y ya se sentía bastante vulnerable. Le pareció que podía oler la satisfacción viril y jactanciosa en el aire y la sacó de sus casillas.

—Es muy poco atrayente —añadió ella.

—A estas alturas, el hoyo que has cavado para ti misma es tan grande como dos piscinas —replicó él con esa voz grave, peligrosa y con cierto acento griego que la atenazaba por dentro—. Sin embargo, sigue cavando, Mattie.

—Aquí estoy —comentó ella con desenfado—. El cordero para el sacrificio, como se me ha ordenado. Tiene que ser un día muy feliz para ti.

Entonces, Nicodemus se dio la vuelta muy lentamente, como si así quisiera evitarle el impacto de verlo entero. Naturalmente, no lo consiguió, nada lo conseguía. Se obligó a respirar y a no desplomarse. El muy maldito estaba tan impresionante como siempre. Un accidente no lo había desfigurado desde que lo vio en el entierro de su padre. Estaba musculoso, como cuando tenía veinte años, y pulido con la perfección del acero por el trabajo en la construcción que había conseguido convertir en una empresa de muchos millones de dólares cuando tenía veintiséis años. Los duros rasgos de su rostro eran casi elegantes mientras que su fuerza fibrosa se notaba tanto en su mandíbula de boxeador como en ese pecho increíblemente tallado que no había ocultado debajo de una camiseta negra, ceñida, evidentemente cara e impropia de ese clima. Era un hombre demasiado elemental. Siempre había conseguido que se le erizaran los pelos de la nuca, que se le endurecieran los pezones y que se le encogieran las entrañas, y esa vez no había sido distinta. Esa vez había sido peor y, encima, Nicodemus estaba sonriendo. Ya estaba perdida. Nicodemus era como un precipicio vertiginoso y ella se había pasado años intentando por todos los medios no caerse por él porque seguía sin saber lo que podría ser de ella si se caía.

—Efectivamente, estás regodeándote —siguió ella con los brazos cruzados y el ceño fruncido—. Aunque no sé por qué me sorprende tratándose de ti.

—No sé si yo habría elegido la palabra «regodeándote».

Sencillamente, era letal, y su mirada, demasiado oscura e intensa. Tuvo que hacer un esfuerzo para no darse la vuelta y correr hacia la puerta. Se recordó que ese día tenía que llegar y que tenía que aceptarlo porque no tenía escapatoria.

—¿Cuántos años tenías la primera vez que te pedí que te casaras conmigo? —preguntó él en un tono casi amable, como si estuvieran compartiendo un recuerdo agradable y no una historia larga y tortuosa—. ¿Veinte?

—Dieciocho —contestó ella.

Él se acercó y ella no se movió, aunque quiso salir corriendo hasta su dormitorio de cuando era niña, que estaba en la segunda planta, y encerrarse dentro. Sin embargo, lo miró a los ojos.

–Era mi baile de puesta de largo y estabas estropeándolo.

Nicodemus sonrió burlonamente y ella intentó no sonrojarse ni sentir la impotencia que él siempre le había producido. Sin embargo, todavía recordaba ese vals que su padre se empeñó en que bailara con él, su cuerpo estrechado contra el de él, la cercanía de su mirada implacable y exigente, esa boca que hizo que se sintiera nerviosa y... anhelante. Como en ese momento, maldito fuese.

–Cásate conmigo –le había dicho él en vez de saludarla, casi como si hubiese querido soltar una especie de maldición.

–Lo siento, pero no quiero casarme ni contigo ni con nadie.

Ella había aguantado la mirada de sus ojos oscuros como si no sintiese una opresión en el pecho. Había sido una chica desvergonzada cuando había querido captar la atención de su padre, pero con poco convencimiento. Él la había aterrado. Quizá esa sensación abrumadora que se adueñó de ella despiadada e instantáneamente no hubiese sido terror, pero ella no había sabido cómo llamarla.

–Lo querrás –había replicado él entre risas como si ella le hubiese hecho mucha gracia.

–Nunca querré casarme contigo –había insistido ella con una seguridad y un descaro fruto de la rabia.

Ella tenía dieciocho años y se había dado cuenta de que Nicodemus no era uno de esos chicos ridículos que había conocido hasta entonces, de que era todo un hombre. Él le había sonreído y le había alcanzado en el pecho, en las entrañas y más abajo.

–Te casarás conmigo, princesa –había afirmado él con firmeza y casi divertido–. Puedes estar segura.

En ese momento, él parecía más divertido todavía. Se acercó hasta ella casi con desgana, pero ella sabía que nunca hacía nada con desgana, que era una forma de despistar que solo los muy necios se creían.

–¿Alguna vez hemos aclarado qué te pasaba para que quisieras casarte con una chica de dieciocho años? ¿Acaso no podías encontrar a una mujer de tu edad?–le preguntó ella para intentar desviar lo que se avecinaba, fuera lo que fuese.

Él se detuvo a unos centímetros de ella y no contestó. Le pasó los dedos entre el largo pelo oscuro. Entonces, se lo agarró con la mano y tiró de él con firmeza. Ella lo sintió entre las piernas, fue como un arrebato de sombrío placer . Quiso apartarle la mano de un manotazo, pero el brillo de su mirada la retó a que lo intentara y no quiso darle ese placer cuando tenía la cabeza inclinada en un ángulo que avivaba una llamarada dentro de ella.

–Me haces daño –declaró ella.

Le espantó que lo hubiese dicho con la voz ronca. Eso le daba ventaja a él.

–No es verdad.

Él lo dijo con la misma certeza que cuando ella tenía dieciocho años y eso la enfurecía, aunque consiguiera que se estremeciera por dentro.

–Ya sé que me han canjeado como si fuese una mercancía, pero sigue siendo mi pelo y sé lo que siento cuando alguien tira de él.

–Mientes constantemente, Mattie –murmuró él con una sonrisa más amplia e inclinándose hacia delante–. Rompes tu palabra como otra mujeres se rompen las uñas.

–Yo también me las rompo. Si esto ha sido una tentativa para conseguir la esposa perfecta y refinada, Nicodemus, vas a llevarte una inmensa decepción.

Él se rio levemente, algo nada tranquilizador, y volvió a tirar del pelo. No fue la primera vez que ella lamentó ser tan alta. Medía un metro y setenta y seis centímetros descalza, pero con las botas negras que llevaba en ese momento superaba el metro y ochenta y cinco centímetros. Eso significaba que tenía la boca de Nicodemus justo delante, no muy por encima de ella. Supuso que él estaba tan cerca para recordarle precisamente eso. Como si ella, o las palpitaciones que podía sentir en distintos y preocupantes sitios, fueran a olvidarlo.

—Ya te dije hace mucho que este día llegaría.

—Y yo te dije que no iba a cambiar de opinión —replicó ella haciendo un esfuerzo para mirarlo a los ojos—. No creerás que este chantaje ridículo y medieval significa que me rinda a ti, ¿verdad?

—¿Qué me importa a mí cómo te consigo? —preguntó él con esa voz grave y burlona que la abrasaba por dentro y hacía que sintiera una deliciosa debilidad—. Me confundes con un hombre bueno, Mattie. Solo soy un hombre de ideas fijas.

Sin quererlo, ella se acordó de una cena benéfica en el Museo de Historia Natural de Manhattan y del empeño de su padre en que se sentara al lado de Nicodemus, quien, según le comunicó él cuando ella se resistió, era como otro hijo para él, y que se portaba mucho mejor. Ella tenía veintidós años... y estaba furiosa.

—No intento que cambies de opinión, princesa —le había dicho él clavándole los ojos de esa forma que había llegado a conocer muy bien—. Los dos sabemos cómo va a acabar esto. Tu padre te consentirá hasta cierto punto, hasta que la realidad se imponga. Entonces, cuanto más me hagas esperar, más tendré que sofocar tu rebeldía cuando estés donde tienes que estar. En mi cama, debajo de mí... —él había hecho una pausa, sus ojos oscuros habían resplandecido y ella había sentido como si le hubiese lamido la delicada piel del abdomen— debajo de mi techo.

—Qué fantasía tan tentadora —había replicado ella sabiendo que no se había referido a su techo—. No sé qué es lo que me impide aprovechar la ocasión de sentir esa felicidad tan inmensa.

–Tú sabrás.

Él se había encogido de hombros, pero ella se había dado cuenta de que estaba forjado en acero y de que era un arma mortal. Había sentido el poder que ejercía sin ningún esfuerzo, como una mano implacable y ardiente en el cuello. Peor todavía, se había dado cuenta de que una parte de ella lo anhelaba a él, anhelaba más.

–Tengo muy buena memoria, Mattie, y soy muy creativo con el resarcimiento –había seguido él–. Considérate avisada.

–No te olvides de mí –había replicado ella con ironía antes de intentar desdeñarlo.

No lo consiguió entonces y no lo conseguía en ese momento.

–¿Vamos a estar rememorando todo el día o tienes un plan? –preguntó ella en un tono de aburrimiento que no sentía mientras él seguía manteniéndola inmóvil–. No conozco los entresijos de los chantajes, ¿sabes? Tendrás que enseñarme cómo se hace.

–Puedes volver a rechazarme.

–Y, de paso, perder la empresa de mi padre.

–Todas las decisiones tienen sus consecuencias, princesa –él se encogió de hombros, como en la cena benéfica–. Tu padre habría sido el primero en decírtelo.

Él tenía razón y eso la enfureció todavía más.

–Mi padre estaba lo bastante engañado como para considerarte un hijo.

Ya no pudo dominar la emoción, sintió un nudo en la garganta y le escocieron los ojos. Sin embargo, le daba igual que él lo viera. Esa era la emoción que la destruiría.

–Él te adoraba. Tenía mejor opinión de ti que de Chase –Mattie hizo una pausa para tomar aire y no llorar–. Mira cómo has decidido pagárselo.

Ella había esperado que eso fuese un golpe para él, pero Nicodemus volvió a reírse y le soltó el pelo. Mattie tuvo que hacer un esfuerzo para no frotarse la zona que él le había tocado. Lo peor era que no sabía si quería borrarse la sensación de su contacto o conservarla. Nunca lo había sabido. Él ladeó la cabeza, la miró detenidamente y se rio un poco más.

—Tu padre creía que yo debería haberte arrastrado del pelo hace años. Sobre todo, durante lo que él prefería llamar tu «período desafortunado».

Él lo dijo con una seguridad indolente que hizo que ella se sonrojara porque comprendió que estaba diciendo la verdad, que su padre y Nicodemus habían hablado de ella así. Le dolió y no lo soportó. De repente, no le costó imaginarse a su padre hablando con Nicodemus sobre sus veintipocos años sin rumbo, sin madre y lamentables, aunque le dolía y le parecía una traición.

—Hice todo lo que pude.

Ella no siguió porque estaba rozando verdades que no se atrevía a decir en voz alta y ese remordimiento espantoso que lo empañaba todo. Retrocedió y se habría alejado más si Nicodemus no la hubiese agarrado del brazo. Se negó a pensar en la fuerza inconcebible de su mano y en su calidez sombría. No lo pensaría ni reaccionaría a esas sensaciones, no lo haría.

—Sabes muy bien que no hiciste lo que pudiste ni mucho menos —replicó él sin alterarse—. Sí hiciste todo lo que pudiste para avergonzar a tu padre. Diría que arrastraste por el fango el nombre de tu familia, pero los dos sabemos que tu hermano se ocupó de eso. Que un hombre tan grande como tu padre consiguiera criar a dos hijos tan inútiles, desagradecidos y desproporcionadamente retribuidos sigue siendo uno de los grandes misterios de la humanidad.

Chase tenía razón. Su padre podría haber estado de

acuerdo con Nicodemus mientras vivía, pero ella no podía seguir viviendo conforme a unas expectativas tan bajas. Podía oler otra vez el cuero y sentir el calor del sol de Sudáfrica. Entonces, el chirrido...

—Casi todo el mundo es inútil, desagradecido y desproporcionadamente retribuido cuando tiene veintipocos años —ella hizo un esfuerzo para aguantar esa mirada de reprobación—. La cuestión es no seguir siéndolo.

—Algunos teníamos cosas más serias que hacer cuando teníamos veintipocos años, Mattie. Por ejemplo, sobrevivir.

Muy grandilocuente, muy satisfecho de sí mismo, pero era preferible a que supiera algo verdadero de ella. Esa era la única manera que tenía de sobrellevar todo eso.

—Sí, Nicodemus —replicó ella con una delicadeza tan exagerada que él solo se podía tomar por sarcasmo—, eres un hombre que ha empezado de cero, como te encargas de recordarnos en cuanto puedes. Por desgracia, no todos podemos ser como tú.

Él le rodeó el brazo con los dedos y ella no pudo soportar la flecha ardiente que le llegó desde ese ligero contacto hasta el sexo. No podía soportar que a su cuerpo no le importara lo peligroso que era ese hombre por mucho pánico que sintiera su cerebro.

Él había vuelto a pedirle que se casaran cuando ella tenía veinticuatro años. Había pasado horas bailando con un vestido que no era más que una serie de cintas estratégicamente colocadas, una elección desvergonzada para ir por Londres. Entonces, salió del club y se lo encontró esperándola en la entrada privada del callejón de atrás, en la que nunca había paparazzi, apoyado en un coche deportivo y con los brazos cruzados sobre su musculoso cuerpo. Por un momento, se limitó a mirarla con una media sonrisa sarcástica y un brillo en los ojos que no presagiaba nada bueno para ella. Sin embargo, ella ya no tenía dieciocho años y se encendió un cigarrillo como si su presencia no le impresionara lo más mínimo.

–¿Por qué te pones esas cintas de tela inútiles? –le preguntó él en un tono que hizo que cada palabra le arañara la piel como si tuvieran garras–. ¿Por qué no te paseas por ahí desnuda?

–Eres un encanto por creer que lo que me pongo es de tu incumbencia –había contestado ella con una despreocupación intencionada, como si él la aburriera.

Entonces, la mirada de Nicodemus fue como un mazazo e hizo que se sintiera vacía, mareada, tan bebida y peligrosamente descontrolada como había intentado estar durante esos años nebulosos y sin rumbo posteriores a la universidad. Le había recordado, implacablemente, quién era él.

–Es de mi incumbencia, Mattie –replicó él en un tono sombrío–. Todos esos hombres que dejas que te toquen, todas las noches que exhibes tu cuerpo para que lo vea todo el mundo, ese arete que llevas en el abdomen y que muestras cada vez que permites que te fotografíen más o menos desvestida, el tatuaje que te advertí que no te hicieses, esos cigarrillos repugnantes que te intoxican, todo eso, te lo aseguro, es de mi incumbencia.

Él se había apartado de su coche último modelo mientras hablaba y se había quedado justo delante de ella. Era uno de los pocos hombres más altos que ella que conocía, a pesar de los vertiginosos tacones, y no pudo soportar que consiguiera que sintiese ese fuego estremecedor, aterrador y descontrolado que había ardido dentro de ella cuando le clavó esos ojos oscuros. Entonces, pensó que podía conseguirlo todo, que podría arrebatarle todo y que estaría perdida. ¿Qué pasaría cuando descubriera la verdad? ¿Qué pasaría cuando el fuego se apagara y entre ellos solo quedara la verdad de lo que había hecho ella?

–Si fueses tan listo como pretendes ser, te darías

cuenta de que me da igual lo que quieras o pienses –le había dicho ella mientras el corazón se le paraba antes de acelerarse–. Me da igual y deberías encontrar a alguien a quien no se lo dé. Estoy segura de que hay alguna página en Internet para chicas dóciles que buscan un multimillonario imponente y malo al que obedecer. En una semana, podrías estar haciendo de dueño y señor de tu propio castillo.

Él torció los labios en un gesto que podría haber sido una risa en otro hombre, pero era Nicodemus y sus ojos oscuros e inflexibles la habían atravesado con una paciencia tan exasperante que la habían dejado sin respiración.

–Cásate conmigo, Mattie, no te empeores más las cosas.

–¿Por qué? –le preguntó ella casi con impotencia.

–Porque te deseo –le había contestado él como si ese deseo fuese casi una imposición, una prueba–. Y siempre consigo lo que deseo.

–Preferiría tragarme la lengua –replicó ella dominada por una oleada de desesperanza porque prefería no pensar en lo que deseaba ella. Al fin y al cabo, nunca lo conseguía–. Preferiría empalarme con un...

–Eres muy necia –él sacudió la cabeza y farfulló algo en griego–, pero eres mía.

Entonces, la agarró con una mano por el hombro, le tiró el cigarrillo de un manotazo con la otra y la besó en la boca. Toda esa incógnita sombría explotó dentro de ella. Avidez y ardor. Su maldita boca implacable sobre la de ella reclamándola, dejando su marca, alterándola hasta las entrañas.

Sin embargo, a pesar de todo, ella le había devuelto el beso. Se había deleitado con él hasta que creyó que estaba tan bebida como actuaba algunas veces. Se había entregado a sus brazos como si toda su vida hubiese estado esperando a que él se deleitara con ella, como si siempre hubiese sabido que sería así... y, en cierto sentido, lo había sabido. Pánico. Fuego. Una adicción instantánea e insufrible que la había dominado mientras la besaba con una indolencia devastadora, letal y segura de sí misma, como hacía todo lo demás.

–Te lo dije –gruñó él sin apartar los labios cuando ella quedó inerte entre sus brazos–. Eres mía. Siempre lo has sido. Siempre lo serás. ¿Hasta cuándo piensas alargar esto?

En ese momento, ella lo miró fijamente. No podía hablar con tantas cosas sombrías y maravillosas dándole vueltas por dentro. Entonces, él sonrió con un cariño y una cercanía que no le había visto jamás. Eso transformó su rostro e hizo que fuese más peligroso que cuando solo era impresionante. Por eso, salió corriendo en dirección contraria.

–Allá tú, princesa –dijo él en tono burlón y seguro de sí mismo cuando ella se alejó de él–. Cuando acudas a mí, haré que te arrastres.

Ella lo creyó.

–No –dijo él devolviéndola al peligroso presente.

La agarraba del brazo, ese calor se adueñaba de ella y, esa vez, no tenía escapatoria.

–No puede tratarse solo de mí, pero puedes aprender a complacerme, Mattie, y, si yo fuese tú, lo aprendería enseguida.

Era otra amenaza o, más bien, una promesa, supuso ella. Al fin y al cabo, a pesar de todo, a pesar de lo mucho y muy deprisa que se había alejado de ese hombre, él había ganado, como siempre le había dicho que haría.

–Siempre me ha costado aprender –replicó ella con una especie de jovialidad demente porque ni quería ni se atrevía a imaginarse lo que implicaba complacerlo–. Vaya, me temo que es otra decepción que tendrás que asimilar.

# Capítulo 2

**E**L HABÍA ganado y eso era lo que importaba, se dijo Nicodemus mientras miraba el rostro de esa mujer preciosa y rebelde que lo había desafiado y obsesionado durante años, pero no quiso castigarla, ni tumbarla allí mismo, en el suelo de la biblioteca. Tomó aliento como si eso fuese tan sencillo como el trato empresarial que fingía que era. Ella lo miraba como si fuese un animal y tuviera miedo de que le transmitiera unas pulgas si se acercaba demasiado. Él no podía entender por qué no se sentía contento, triunfante, y sí sentía la misma furia sombría que siempre se adueñaba de él cuando lo miraba así, temerariamente desafiante, cuando nunca se podía haber dudado de que ganaría.

Dejó que se alejara, aunque le costó mucho porque estaba tenso como la piel de un tambor y lo que más quería era entrar en ella por fin, celebrar su victoria hasta que ella gritara su nombre como siempre había sabido que lo haría, deleitarse con ella, conocerla, poseerla una y otra vez hasta que hubiese saciado su voracidad. Estaba seguro de que la saciaría en cuanto la tuviera, tenía que saciarla, pero eso llegaría más tarde.

–Siéntate –le ordenó él señalando con la cabeza a dos butacas de cuero que había junto a la chimenea–. Te lo explicaré.

–No parece un principio muy prometedor para el matrimonio con el que me has amenazado todos estos años –replicó ella en ese tono frívolo e irrespetuoso que a él no debería parecerle gracioso, aunque se lo parecía–. En realidad, me parece un matrimonio de esos que acaban en un divorcio descomunal y público al cabo de unos dieciocho meses, o en cuanto yo pueda escaparme y solicitarlo.

–No te escaparás –él volvió a señalarle las butacas–. Aunque puedes intentarlo. Estaré encantado de perseguirte y traerte de vuelta.

Ella lo miró con la rabia reflejada en esos ojos azul oscuro que le habían hecho vibrar por el anhelo desde que la conoció. Él sonrió y ella se estremeció, aunque intentó disimularlo.

Mattie se sentó en la butaca más alejada con esa elegancia natural que siempre le había parecido maravillosa. Que él supiera, nunca había pasado por una fase desgarbada. A los dieciséis años ya era resplandeciente y, con ese acento entre estadounidense y británico refinado, era flexible como un junco. A los dieciocho, era simple y llanamente, magnífica. Tenía un pelo negro como el ala de un cuervo, unos ojos azul oscuro y unos labios carnosos que deberían haber estado prohibidos. También tenía un porte y una elegancia impropios de su edad, que él había atribuido hacía mucho tiempo a que hubiese tenido que actuar de anfitriona para su padre después de que su madre muriera cuando ella tenía ocho años.

Él había entrado en aquel ridículo baile y se había quedado deslumbrado, como si ella hubiese sido un rayo y no lo que él sabía que era, otra chica guapa y rica con un vestido brillante. Sin embargo, ¡cómo brillaba! Había sido temeraria, irreflexiva y malcriada como solo podía serlo una rica heredera. Él lo había padecido cuando volvió a Grecia con la egocéntrica y falsa Arista, quien había estado a punto de ponerlo de rodillas y dejarlo sin blanca cuando era un necio incauto de veintidós años. Entonces, juró que nunca volvería a confiar fácilmente en nadie ni a ser tan necio. Sin embargo, a pesar de eso, Mattie tenía algo que lo había atraído. La había observado desdeñar sus bendiciones como si no se diera cuenta de que las tenía. Había desdeñado los colegios caros y los empleos livianos en agencias de publicidad o galerías de arte, por ejemplo, que pagaban tan poco que solo una heredera podía permitirse aceptarlos, ocasionalmente, en el caso de ella.

La miró en ese momento, mientras lo observaba con los ojos serios. Podía ser volátil, imprudente y, algunas veces, exigía atención, pero también era inteligente. Sospechaba, desde hacía mucho tiempo, que le gustaba fingir lo contrario por algún motivo recóndito. Era otro misterio que quería resolver.

–Creo que ya es hora de que me digas de qué se trata todo esto en realidad –ella le recordó a su padre con ese tono impasible y esa mirada directa–. Lo digo en serio. No me creo que no haya un montón de herederas más indicadas, si lo que quieres es una heredera. Más guapas y más ricas, mucho más escandalosas unas y otras que podrían haber llegado a vivir en un convento. Siempre me has parecido especialmente fastidioso... –entonces, apareció ese pequeño hoyuelo junto a su boca que había anhelado lamer durante muchas horas de abandono– aunque no voy a negar que serías un buen partido. Eres repugnantemente rico y muy poderoso. Además, no eres Quasimodo precisamente.

–Qué carta de recomendación tan impresionante. ¿Quién no se casaría conmigo?

Él se debatía entre la carcajada y la incredulidad. Solo ella se atrevía a hablarle así. Quizá por eso lo hubiese obsesionado. Ella lo miró un rato, tanto que llegó a ser casi incómodo.

–¿Por qué yo?

¿Qué podía contestarle? ¿Que estaba dominado por

algo que no podía entender todavía? No se lo creía ni él. Él conseguía lo que quería como fuese. Así se había abierto camino hasta donde estaba en ese momento. Así había conseguido a Arista al principio y así se había librado de ella y de sus afiladas garras. Así había sobrevivido al saber la verdad sobre su padre, inflexible y rígidamente moralista, y lo que había hecho a su madre cuando se supo esa verdad. ¿Por qué iba a ser distinta esa mujer? Se dijo que así eran las cosas, como llevaba años diciéndoselo.

—Me gustas —contestó él con una sonrisa forzada—. Por eso.

—Entonces, me parece que estás mal de la cabeza —replicó ella con ironía.

—Es posible —él se encogió de hombros—. ¿Eso hace que sea un partido peor? ¿Me parezco un poco más a Quasimodo?

Él había querido limitarse a esbozar lo que pasaría en adelante, una vez que ella había acudido a él por fin; a fijar las reglas con el inmenso placer de saber que, esa vez, ella haría lo que le dijera porque, esa vez, tenía que hacerlo. Además, no le había mentido. Nunca mentía. Le daba igual cómo acudiera a él, de rodillas o furiosa. No perdía mucho tiempo preocupándose por el coste de una victoria pírrica, le importaba la victoria en sí. Era lo único que le importaba.

—Hace que sea posible que tu devota esposa te ingrese en un manicomio algún día —contestó Mattie con esa leve sonrisa tan típica de ella—. Naturalmente, dependerá de las condiciones de nuestro contrato prematrimonial.

Ella lo miraba con cierta arrogancia, como si fuese quien tenía la sartén por el mango, cuando él sabía, por la tensión de su cuerpo y el ligero rubor de sus mejillas, que se daba cuenta de que estaba en un terreno muy inestable. Sin embargo, había muchas cosas de esa mujer que solo eran fachada y él iba a descubrir la verdad que había detrás tardara lo que tardase. La desmontaría y volvería a montarla tal y como la quería. Llevaba años esperando a eso, a ella.

–No casamos dentro de dos semanas –algo resplandeció en los ojos azul oscuro de ella, pero, acto seguido, él solo pudo ver esa máscara cortés que nunca se había creído–. Será una ceremonia en Grecia. Solo estaremos el sacerdote, un fotógrafo, tú y yo. Pasaremos la luna de miel, durante dos semanas, en la villa que tengo allí. Luego, volveremos a Manhattan, donde tu hermano y yo fusionaremos por fin nuestras empresas, como deseábamos tu padre y yo –él sonrió–. ¿Lo ves? Es muy sencillo, creo que podríamos habernos ahorrado el lío de estos años.

–¿Y qué papel tengo yo en todo esto? –preguntó ella como si no pudiera importarle menos.

–Espero que durante la boda digas los juramentos obedientemente, incluso, con cierto entusiasmo. ¿Durante la luna de miel? Tengo algunas ideas para hacer realidad por fin diez años de imaginación desbocada.

Ella se sonrojó visiblemente y parpadeó para disimular el pánico. No tocarla en ese momento era casi doloroso, desearla era parte de sí mismo, pero ¿qué significaba esperar un poco después de una década? Además, intuía que su indolencia fingida la sacaba de quicio y necesitaba todas las armas que pudiera encontrar con esa mujer a la que no podía descifrar todavía, al menos, como quería descifrarla.

–Me refería a cuando volviéramos a Nueva York maravillosamente casados –él se preguntó si tenía que hacer un esfuerzo para parecer indiferente o era una capacidad que había adquirido y que podía emplearla cuando quisiera–. Tengo mi apartamento aquí. Una vida, un empleo. Naturalmente, estaré encantada si vivimos separados...

–Yo no.

Ella parpadeó antes de sonreír.

–Dudo mucho que te gustara mudarte a mi diminuto apartamento de dos dormitorios. Es muy femenino y no creo que todo ese rosa te gustara.

Ella sacó un cigarrillo y un mechero de un bolsillo del vestido que él no había visto, encendió el cigarrillo y lo miró despreocupadamente.

–Disfruta el cigarrillo, Mattie –comentó él sin inmutarse–, será el último.

–¿De verdad? –preguntó ella expulsando el humo.

–Tengo una idea muy concreta de cómo se comportará mi esposa –él sonrió cuando la fachada fría y despreocupada de ella se alteró levemente–. Por eso vivirá en mi casa y no trabajará, si llamas trabajar a lo que haces en esa agencia de relaciones públicas con esos vestidos transparentes.

–Entiendo. Será un matrimonio medieval que estará a la altura de esos rituales de cortejo propios de la Edad de Piedra que hemos disfrutado hasta ahora. Apasionante.

–Espero algunas cosas sobre su comportamiento –siguió él sin hacerle caso–. Su forma de vestir, que no le cuelguen de la boca esos cigarrillos que hacen que huela y sepa como un cenicero –se encogió de hombros–. Lo habitual.

Ella sujetó el cigarrillo en una mano como si no estuviese preocupada en absoluto, aunque el leve temblor de esa mano indicaba lo contrario.

–Entiendo que todo esto es una partida de ajedrez para ti, Nicodemus, y que yo tengo el papel de un peón muy oportuno...

–De reina, más bien. Impredecible y difícil de comer, pero una vez resuelto, la partida se acaba.

Ella frunció el ceño y él sonrió.

–Detesto el ajedrez.

–Entonces, quizá deberías elegir una metáfora mejor.

–Soy una persona.

A él le pareció que cada palabra era como una cuchilla de afeitar por la rabia. Sus ojos azul oscuro resplandecían por la vehemencia y el miedo. Sin embargo, la voz era fría y él la deseaba con una desesperación que hacía que se despreciara. Desearla estaba bien, pero la desesperación no. Creía que había superado eso cuando se deshizo de Arista.

–Y, aunque parezca lo contrario, no estamos en el siglo XII...

–Entonces, ¿por qué te casas conmigo? –preguntó él sin disimular el tono cortante–. Como has dicho, no tienes por qué hacerlo, no tienes una pistola en la cabeza.

–Una fusión de nuestras empresas fortalecerá a las dos y afianzará a Chase como consejero delegado –contestó ella con cierta tristeza en la mirada–. En cualquier caso, cambiaría las conversaciones que ha estado teniendo con el Consejo de Administración y los accionistas. Naturalmente, tú serás el director ejecutivo y has demostrado que diriges muy bien las empresas y que ganas montones de dinero, pero no tienes que casarte conmigo para conseguir eso.

–No –él se encogió de hombros–, pero yo no soy quien está poniendo objeciones a este matrimonio ni pidiendo explicaciones, eres tú.

–Si no acepto, no cerrarás la operación con Chase –los ojos de ella se oscurecieron–. Quiero que quede muy claro entre nosotros quién está presionando a quién.

–Yo lo tengo muy claro –él sonrió por el arrebato de genio de ella–. Sin embargo, esto es, más bien, uno de esos juegos a los que te gusta jugar, Mattie. Los dos sabemos que vas a casarte conmigo, lo hemos sabido desde que nos conocimos.

Él vio reflejado en su rostro que eso no le había gustado, pero no cambiaba esa verdad tan sencilla.

–Todavía no me he casado –comentó ella con tranquilidad–. Si yo fuese tú, no vendería la piel del oso todavía.

Él se rio.

–Voy a disfrutar enseñándote la forma adecuada de contestar a tu marido –se inclinó, le quitó el cigarrillo y lo tiró a la chimenea sin dejar de mirarla–. Voy a casarme contigo porque te deseo, siempre te he deseado, pero deseo más todavía fusionar mi empresa con la de tu padre y deseo que el lazo entre nosotros sea fuerte. Quiero ser parte de la familia para que nadie dude quién se merece un sitio en la mesa. Eso significa matrimonio, hijos y una vida muy larga juntos porque no creo en las separaciones ni en el divorcio, ni en los secretos.

Sobre todo, en los secretos, se dijo a sí mismo dejando a un lado esos recuerdos espantosos, las mentiras y la devastación que habían acarreado.

Mattie le sostuvo la mirada un buen rato con algo brillante y vidrioso en los ojos. Solo se oía la tormenta que azotaba contra las ventanas y el crepitar del fuego. Él creyó que podía oír la respiración entrecortada y acelerada de ella, pero le extrañó que ella fuese a permitir que se le notara y dio por supuesto que se lo había imaginado.

–Lo que quieres decir es que soy un rehén. Puedes decirlo, Nicodemus, ya lo sabía.

–¿Y por qué te casas conmigo? ¿Te gusta hacerte la mártir? ¿Siempre has querido canjearte? ¿Deseas profundamente inclinarte ante las ambiciones de los demás?

–Por deber familiar –contestó ella casi con fervor–. No espero que lo entiendas.

–Claro que no –confirmó él en serio–. Todo lo que

le he arrancado al mundo lo he hecho con mis manos. Mi padre nunca creyó que llegara a nada.

Además, hizo todo lo posible para que no llegara, pensó él con dolor, con esas mentiras como heridas abiertas dentro de él.

—Mi madre limpiaba casas y trabajaba en fábricas. Solo me dieron la vida, el resto me lo trabajé.

Y se aferró a ella a pesar de los parásitos materialistas como Arista.

—Nadie ha dicho que no seas un hombre impresionante, Nicodemus —replicó Mattie—, pero ¿qué tiene que ver eso? Llevas tanto tiempo persiguiéndome que no creo que sepas cuándo empezaste.

—No, Mattie —dijo él con una amabilidad excesiva quizá.

Pensó que ese podría haber sido el problema desde el principio. La había tratado como si hubiese estado hecha de cristal y ella no había dejado de cortarle con los bordes afilados. Era hora de que lo recordara y de que tomara las riendas de todo eso.

Estaba sonrojada, su boca se hallaba muy cerca y él había esperado mucho tiempo. Podía ver el pánico reflejado en sus ojos mientras lo miraba y como le subían y bajaban esos pechos perfectos bajo el vestido. No pudo evitar alargar una mano, tomarle una mejilla y pasarle el pulgar por los labios. Ella se sonrojó más y él notó que se tensaba por la reacción. Fue como aquel rayo otra vez y lo abrasó vivo donde estaba sentado. Los había condenado desde el principio, había hecho que todo eso fuese inevitable, y que compensara, también había estado seguro de eso.

—Siempre he sabido el motivo —declaró él.

Era lo más cerca de la verdad que podía llegar. El resto flotaba alrededor de ellos abrasadoramente y los envolvía con la misma voracidad desenfrenada. Podía verlo en su rostro, en el destello azul de sus ojos oscuros, lo sintió en sus propias carnes. Sonrió.

–Tú eres quien ha estado desorientada, pero no lo estarás mucho tiempo más.

Volaban sobre el océano Atlántico rodeados de oscuridad cuando Mattie dejó de debatirse consigo misma y con la revista que había estado mirando con el ceño fruncido y sin leer una sola palabra. Dejó de fingir y miró al fondo del avión privado, donde Nicodemus estaba sentado detrás de una mesa llena de papeles y el ordenador portátil junto al codo. Tenía un aire aplicado y viril, como el multimillonario inteligente y famoso en todo el mundo que ella, a regañadientes, sabía que era. Tenía el pelo moreno despeinado, como si se hubiese pasado los dedos entre él, y contuvo el aliento contra su voluntad. Él debió de captar que lo miraba porque sus ojos oscuros se clavaron en ella inmediatamente.

–¿Ya ha terminado el fustigamiento de tu silencio? –preguntó él con ironía y condescendencia–. Y yo que me había acostumbrado a ese silencio...

Ella había conseguido no hacerle caso hasta ese momento. Aquel día, él la había dejado en casa de su padre con una sonrisa enigmática y nada más. Sencillamente, había dejado que bullera por dentro durante la semana y media siguiente sin amenazas, discusiones ni noticias de él. Ella, naturalmente, se había planteado huir. Lo había soñado por la noche y había llegado a planearlo todo. Incluso, un día reservó un billete a Dunedin, en Nueva Zelanda, el sitio más alejado que había encontrado en un mapa. Sin embargo, cuando Nicodemus apareció a primera hora de esa mañana para llevársela apresuradamente a Grecia, ella estaba allí esperándolo, como había prometido, como una buena novia, como la hija que nunca había sido mientras vivía su padre. Incluso, había hecho el equipaje.

Nicodemus había entrado en el confortable apartamento con esa confianza en sí mismo tan letal y que hizo que sintiera un estremecimiento en la espalda. Ella había intentado convencerse de que era nerviosismo y no algo mucho más femenino y agradecido. Su apartamento se hallaba en un edificio antiguo de la zona alta de Manhattan y estaba lleno de molduras preciosas y suelos de madera escrupulosamente conservados. Además, tenía unos techos muy altos que hacían que pareciera mucho mayor de lo que era en realidad, pero Nicodemus hacía que pareciera una caja diminuta y claustrofóbica. Estaba demasiado vivo. Él señaló sus bolsas con la cabeza y los hombres que iban con él se las llevaron inmediatamente. Entonces, ella se quedó en ese espacio pequeño y cerrado, su espacio, como si ya fuese de él, como lo era ella. Se había negado a hacer caso a esa parte disparatada de sí misma que se había derretido solo de pensarlo. Todo sería mucho más fácil si él no fuese tan despiadadamente impresionante. Llevaba un fino jersey oscuro que hacía maravillas con su torso perfecto y un chaquetón de lana abierto que le añadía calidez y elegancia. Además, sus pantalones oscuros parecían bastos y lujosos a la vez. Era un hombre muy atractivo y ella detestaba que no pudiera negarlo, aunque sabía que estaba allí con el único propósito de llevársela para que obedeciera sus órdenes. Le parecía imposible, absurdo, que fuese a estar casada con él al cabo de unos días y cada vez que miraba a sus elocuentes ojos, le parecía como si él le hubiese prendido fuego y la hubiese arrojado a un depósito de gasolina.

–Esto no es nada rosa ni especialmente femenino. ¿Realmente mientes sobre todo lo que haces? –había comentado él con ese sarcasmo burlón que la alteraba tanto.

Se había sentido entre la espada de una avidez temeraria y la pared de un pánico incontenible, y solo llevaba cinco minutos con él.

—¿Vas a empezar nuestras dos semanas de amor llamándome mentirosa? —preguntó ella sin disimular el tono gélido—. Es muy prometedor.

—Supongo que se trata de mí —contestó él mirándola de una manera que hizo que se sonrojara y se abrasara por dentro—. Si estuviese lloviendo a mares, tú me dirías que nunca habías visto un cielo tan despejado y azul. Al parecer, provoco eso en la gente, sobre todo, en las mujeres. Mattie, creo que debería preocuparte lo que pasará cuando aprenda a adivinar la verdad independientemente de las mentiras que me digas, porque lo haré.

—Es casi lo único que me ha preocupado desde aquella deliciosa reunión en casa de mi padre.

—Otra mentira.

—Es la verdad, y es asombroso, lo sé.

Él le tomó la mejilla con una mano como si tuviese derecho a hacerlo, como parecía pensar el cuerpo de ella, que había explotado en una cascada de fuegos artificiales.

—Eso no es lo que te preocupa.

Nicodemus lo había dicho demasiado cerca y demasiado seguro de sí mismo, como si pudiera percibir la avidez que la dominaba y que ella quería negar por todos los medios. Entonces, ella decidió que tenía que dejar de hablar con él, que eso era demasiado peligroso, sobre todo, si hacía que él la tocara.

Él la soltó sin insistir sobre ese asunto y ella creyó que se sentía aliviada, pero no era tan sencillo. Había que tener en cuenta las repercusiones, los movimientos tectónicos que la cambiaban por dentro aunque ella no quisiera. Sin embargo, era tozuda hasta decir basta.

Se había mantenido en silencio durante el trayecto

en coche hasta el aeródromo de las afueras de Manhattan, mientras embarcaban en el avión privado de la empresa Stathis y durante varias horas del vuelo hacia lo que él había llamado «Mi pequeña isla privada en el mar Egeo». Porque, naturalmente, Nicodemus tenía una isla, lo ideal para cerciorarse de que la tenía completamente atrapada, de que iba a casarse con él o que tendría que cruzar el mar Egeo a nado y en octubre.

–No ha sido un fustigamiento con mi silencio –replicó ella en ese momento estirando las piernas como si se sintiera tan despreocupada como él.

–No entiendo por qué te molestas en mentir cuando ya deberías haberte dado cuenta de que puedo ver dentro de ti.

–Sencillamente, me quedé sin nada que decirte –insistió ella con arrogancia–. Me imagino que pasará muchas veces. Otra desdichada consecuencia de un matrimonio forzado como el nuestro; toda una vida de silencio y aburrimiento mientras estamos atrapados juntos en nuestro infierno.

–Tu silencio no es lo que me parece infernal.

Ella asintió con la cabeza como si lo hubiese esperado.

–Recurrir a insultos, a pequeñas amenazas. Eso es lo que pasa cuando chantajeas a alguien para que se case contigo, Nicodemus, y ni siquiera estamos casados todavía. Intenté avisarte.

–No hay por qué recurrir a algo tan desagradable. Estoy seguro de que podemos encontrar muchas cosas que hacer y que no exigen palabras –replicó él en un tono aterciopelado y dejándose caer contra el respaldo.

Nicodemus dejó el bolígrafo en la mesa y la intensidad de su mirada hizo que las paredes del avión la oprimieran, o quizá fuera que el pulso se le había desbocado. Ella puso los ojos en blanco.

–Las amenazas sexuales, aunque sean veladas, no

son menos amenazas por ser sexuales. En realidad, son todo lo contrario.

–¿Por eso te has puesto colorada? –preguntó él con indolencia–. ¿Porque te sientes amenazada?

–Sí.

–Mentirosa.

Ella se recordó que, aunque tuviera razón, eso no significaba nada. Él no sabía con certeza que tuviese ese efecto en ella, solo lo esperaba.

–Ya que vas a aislarme de todo lo conocido para mí, como hacen casi todos los hombres como tú, doy por supuesto que tienes alguna idea de cómo funciona todo esto –siguió ella.

Ya que había empezado a hostigarlo, le agobiaba la idea de volver a ese silencio sepulcral, le daba miedo que la aplastara.

–Los hombres como yo –el tono de su voz tenía algo burlón o algo mucho más engañoso y ella sintió una incertidumbre desasosegante–. ¿Hay muchos? Y yo que me había considerado singular...

–Es un modelo típico –aseguró ella con una sonrisa amable–. Nada del otro mundo.

–Si intentas avergonzarme para que te libere, te has equivocado de procedimiento –replicó él con ironía.

–Nadie carece completamente de vergüenza, Nicodemus –a ella, sin saber por qué, se le suavizó la voz y perdió el tono gélido y burlón–. Da igual lo que finjan.

–Es posible –concedió él sin dejar de dirigirle esa mirada implacable y ardiente–, pero no me conoces lo suficiente como para imaginarte siquiera las cosas que reptan dentro de mí y dicen mi nombre. No las reconocerías.

Ella no tenía ningún motivo para quedarse sin respiración o para que se le encogieran las entrañas y decidió que solo había sido un trastorno momentáneo.

–Parece como si quisieras convertir esto en una transacción todo lo dolorosa y espantosa posible –siguió él cuando ella no dijo nada.

Ella no pudo interpretar su expresión. Había levantado la cabeza y se había limitado a mirarla como si la ropa y la piel no fuesen un obstáculo.

–Eso es lo que es. No sé cómo funcionan estos acuerdos bárbaros. ¿Me mirarás los dientes como a un caballo? ¿Darás una patada en mis neumáticos como si fuese un coche usado que has comprado en Internet?

Algo ardiente e intenso, muy parecido a la satisfacción, resplandeció en lo más profundo de sus ojos y su boca implacable esbozó una sonrisa muy peligrosa.

–Si te empeñas... –contestó él en voz baja y con indolencia.

Ella se quedó inmóvil y abrió mucho los ojos. A juzgar por el brillo de los ojos de él, lo había notado. ¿Qué le pasaba?, le preguntó la parte histérica de ella, que ya ocupaba casi todo su ser menos la bocaza. No podía desafiarlo, tenía que parar todo eso antes de que se le escapara de las manos.

–Oh, lo siento –casi ronroneó él, que había vuelto a ver dentro de ella con toda facilidad–. ¿Ha sido otro ejemplo de los problemas que te da tu bocaza? Me doy cuenta de que o me miente o me provoca. Eso hace que me pregunte qué pasaría si le dieras un uso mejor.

Ella se dio cuenta de que tenía razón. Si fuese de verdad el hombre al que había tratado como si lo fuese, habría tenido más cuidado y respeto. La verdad era que ella sabía que no lo era. No podía creerse que él fuese a hacer eso. No lo creía, aunque estuviese volando por encima del océano camino de Grecia. Efectivamente, estaba representando muy bien el papel de bárbaro aterrador que solo puede salirse con la suya, pero lo conocía desde hacía años y, lo que era más importante, su padre lo había apreciado sinceramente. Incluso, lo había considerado una buena pareja para su única hija. Sencillamente, no podía creerse que Nicodemus fuese a obligarla a casarse con él, y mucho menos todo lo que estaba amenazando con hacerle y que estaba calándole tan hondo que iba a dejarle marcas.

—No estaba bromeando —ella se levantó y se quedó delante de él con los brazos muy abiertos, como si estuviese crucificada—. Estoy segura de que el tercer hombre más rico de Grecia...

—Es un título que ya no me importa tanto como antes —intervino él con un brillo burlón en los ojos—. No sé si lo dices como halago o reproche.

—...no se compra una de esas motocicletas como cohetes si no está seguro de que estará a la altura de todas y cada una de sus exigencias —siguió ella como si no la hubiese interrumpido.

Lo había visto montado en una Ducati por una serpenteante carretera secundaria de Francia mientras se dirigía al *château* de un amigo para asistir a una reunión de fin de semana a la que ella no habría asistido si hubiese sabido que iba a ir él. Se había escapado poco después, pero nunca había podido borrarse esa imagen de la cabeza, la de un hombre poderoso sobre una máquina tan aerodinámica y peligrosa. Lo miró con rabia y bajó los brazos.

—Muy bien, aquí estoy —añadió ella.

Los ojos de él dejaron escapar un destello, pero no se movió. Aun así, ella se sintió como si hubiese dado un salto y la hubiese estrechado contra él, asfixiada y en llamas.

Él levantó un hombro en un gesto muy mediterráneo y típico de él y volvió a bajarlo.

—Entonces, adelante —dijo en un tono casi aburrido, aunque su mirada la abrasó y avivó esa peligrosa voracidad que se había negado durante años—. Desnúdate, muéstrame lo que he perseguido durante años y he comprado por fin.

# Capítulo 3

MATTIE dejó de fingir que su respiración era pausada y lo miró fijamente. Él se limitó a sonreír con suficiencia. Ella se dio cuenta de que lo hacía porque creía que no iba a hacerlo, que la había apabullado como aquella vez fuera de aquel club en Londres, que se quebraría y saldría corriendo. Sin embargo, esa vez iba a ser distinta, se dijo a sí misma con frialdad. Si quería comportarse como un hombre que compraba esposas, ella se comportaría como una mujer a la que se podía comprar.

Se quitó la chaqueta de lana, larga y roja, que también había usado como manta, la tiró sobre el asiento de cuero que tenía al lado y también se quitó con los pies las botas bajas. Él no dijo nada. Ella se quitó por encima de la cabeza el jersey de cachemira y se dio cuenta de que había enseñado parte del abdomen al levantar los brazos. Le pareció oír que él farfullaba algo, pero cuando pudo mirarlo comprobó que seguía como antes, observándola como si fuese la demostración de una azafata de un vuelo comercial, y casi tan divertida. Entonces, también se quitó la camiseta y dominó cualquier estremecimiento cuando él le recorrió con la mirada los pechos y el sujetador de color burdeos que llevaba puesto. No movió un solo músculo, por fuera... por dentro, las entrañas formaron una bola abrasadora que casi le impidió respirar. Sintió tanto calor que estuvo segura de que tenía la piel del mismo color que el sujetador, pero él se tomó su tiempo para volver a mirarla a los ojos.

–¿Te gusta la mercancía? –le preguntó ella con frialdad.

–¿Cómo puedo saberlo? –preguntó él en el mismo tono–. Sigue tapada. ¿No será un arrebato de pudor, Mattie? No lo creo después de esa foto en topless que te sacaron hace dos veranos y que tanto entusiasmó a tu público incondicional.

–Tomar el sol en topless en la cubierta de un yate en medio del mar no tiene nada de malo –replicó ella dándose cuenta de que se había puesto a la defensiva–. Creía que estaba sola. ¿Tengo que pasarme la vida tapada de los pies a la cabeza por si hay un helicóptero encima de mí?

–Es posible que baste con que tengas un poco más de cuidado cuando muestras tu cuerpo –contestó él con cierta inflexibilidad–. Sobre todo, ahora que es mío.

Él la observó y ella se encontró demasiado expuesta. Él tenía razón, era ridículo. Había ido a banquetes con vestidos que la cubrían menos que lo que llevaba en ese momento. ¿Por qué iba eso a parecerle más íntimo? Decidió que prefería no pensarlo.

Sin embargo, ella había empezado eso y lo terminaría. Ella lo apabullaría a él.

–¿Tienes algún otro comentario torpe y enfermizo que hacer? –preguntó ella en un tono muy cortés–. ¿No quieres grabar a fuego el logotipo de tu empresa en mi piel?

Esa media sonrisa de su boca implacable, ese brillo ardiente de sus ojos oscuros, esa forma indolente de estar recostado, como si solo fuese el hombre más poderoso físicamente que había estado tan cerca de ella... Tragó saliva. Nicodemus lo vio y sonrió.

–Ya te lo diré –contestó él.

Luego, inclinó la cabeza de una forma majestuosa, tan exasperante como atractiva, y la invitó en silencio a que siguiera.

Mattie perdió la esperanza en sí misma, pero se agachó, se quitó los calcetines, volvió a incorporarse, se contoneó para salir de los ceñidos vaqueros negros y los apartó con un pie cuando lo consiguió. Se quedó solo con las bragas y el sujetador y se repitió una y otra vez que no pasaba nada, que era como un bikini.

La mirada de Nicodemus era tan ardiente que le hacía daño, pero, aun así, él no se movió.

–No sé si es pudor o una pausa dramática –comentó él al cabo de un rato en un tono delicado e insultante–, pero me aburre.

Por primera vez, Mattie sintió un escalofrío de miedo en la espalda y se preguntó quién estaba apabullando a quién... pero levantó la barbilla y se soltó el cierre del sujetador. Se lo quitó lentamente, mostrando un pecho primero y el otro después, y lo soltó. Él la observó con una especie de concentración inhumana en el rostro. Ella se introdujo los dedos en los lados de las bragas, se las bajó hasta las rodillas y dejó que cayeran hasta el suelo para apartarlas con un pie. Se quedó desnuda delante de Nicodemus Stathis, quien le había amargado la existencia y era su prometido en ese momento, quien pronto sería su marido si se salía con la suya. Dejó de pensar en eso, en las condiciones y en la realidad. Aun así, seguía completamente desnuda y no era el mejor momento para cuestionar la serie de decisiones que la habían llevado a ese punto. Por eso, levantó la cabeza en un gesto beligerante, como si lo más natural para ella fuese estar desnuda en los aviones con hombres exasperantes.

Él dejó escapar un sonido que no fue exactamente una risa y se levantó. A ella se le secó la boca y la mente se le quedó en blanco durante un segundo vertiginoso. Él era demasiado grande para el avión, para el mundo, y parecía mucho más grande todavía que cuando estaba vestida. Se acercó un paso, apoyó las manos en el techo del avión e inclinó su esbelto y poderoso cuerpo hacia atrás, como si se cerniera sobre ella y no se cerniera a la vez. Eso no hacía que pareciera menos peligroso y no se sintió mínimamente segura, pero tampoco se atrevió a examinar con demasiado detalle lo que sentía. Él frunció el ceño y ella pensó que debería haber estado más atenta a las cosas que él había dicho antes sobre lo poco que ella lo conocía cuando los dos sabían que él la había estudiado detenidamente durante la última década. Eso la dejaba en una desventaja evidente, eso y que, además, estuviese desnuda.

–¿Por qué te quedas ahí? –ella parpadeó con perplejidad y él giró uno de sus largos dedos–. Date la vuelta, por favor.

Se dijo que solo quería humillarla y doblegarla. Todavía albergaba la esperanza de que él no llegara tan lejos como podía llegar. Eso solo era una broma de mal gusto, o, si no era una broma exactamente, sí quería darle una lección por haberlo desairado todos esos años. Daría marcha atrás, tenía que dar marcha atrás, pero eso significaba que ella no podía... Se dio la vuelta lentamente e incluso contoneó las caderas, como si fuese una especie de espectáculo... Entonces, sintió sus manos y se quedó helada. Tardó un momento en darse cuenta de que no era un contacto casual ni especialmente sexual. Estaba recorriendo el tatuaje que le subía desde la cadera hasta la parte inferior de las costillas.

–Es un Ave Fénix –comentó ella con la voz ronca.

Estaba alterándola con sus manos demasiado cálidas, con su cercanía aterradora y embriagadora... con su desnudez disparatada.

–Sé lo que es –replicó él en tono brusco–. Lo que no

sé es qué tiene que ver con la vida privilegiada que siempre has tenido.

Ella se dio la vuelta para mirarlo, pero no pudo captar nada en su rostro. Sin embargo, tampoco pensaba explicarle el sentido del tatuaje, ni a él ni a nadie.

–Nicodemus...

Él sacudió la cabeza y ella no supo por qué se calló, por qué lo obedecía cuando estaba gritando por dentro.

–Además, ese maldito arete.

Ella se derritió cuando él le tocó con delicadeza el arete de plata que tenía en el ombligo. Consiguió no emitir ningún sonido, pero él volvió a torcer los labios y ella supo que lo había percibido. Se acercó más y el corazón se le aceleró tanto que creyó que iba a explotar, pero eso era lo que menos le preocupaba. Estaba helada y ardiendo a la vez. Los pechos se le endurecieron y le dolieron cuando él la agarró de la cintura.

–Nicodemus...

No pudo terminar por el pánico y el anhelo que se reflejaba en su voz. No se conocía a sí misma.

–¿Esto era lo que querías? –preguntó él en un tono severo y sombrío–. La próxima vez, puedes ahorrarte el bailecito, basta con que me lo pidas.

Entonces, se inclinó como si ella le hubiese rogado que lo hiciera y él tuviese todo el tiempo del mundo y la besó en la boca.

Era mucho mejor que lo que recordaba. Mattie sabía a humo y calor, como a una especie de whisky perfecto, y sintió que se tambaleaba como si estuviese borracho por primera vez. Soltó la delicada curva de su cintura, introdujo los dedos entre el sedoso pelo y la estrechó contra su pecho. Esa vez, no estaban en Londres, no había nadie alrededor, por fin, disponía de todo el tiempo que qui-

siera. Podía probar un ángulo primero y otro después. Podía paladearla una y otra vez, besarla con la furia y el anhelo que lo dominaba, que lo desenfrenaba y embriagaba
con cada movimiento de la lengua contra la de ella. Era
suya, le dijo esa voz primitiva para sus adentros, como
lo había sido hacía años en aquel fatídico baile y siempre
desde entonces... y era perfecta. El pelo oscuro y tupido
que le caía sobre los hombros, el cuerpo esbelto, alto,
terso, con unos pechos orgullosos y unas caderas redon-
deadas y tentadoras. Se le hacía la boca agua. Hasta ese
maldito tatuaje que le había ordenado que no se hiciera
le sentaba bien, era delicado y misterioso, como ella, y
anhelaba lamer el torbellino de colores brillantes. Además, el arete del ombligo hacía que pensara en noches
largas y ardientes y en el contoneo delicado de sus caderas. Nunca había deseado así a una mujer, ni a Arista.
Nunca había sentido ese deseo. Sintió un escalofrío, lo
único que se abrió paso entre ese anhelo enloquecedor y
palpitante que amenazaba con dominarlo. Apartó la boca
de sus labios, pasó las manos por los brazos de ella, que
le rodeaban el cuello, y fue bajándolas por la espalda
hasta tomarle el apetecible trasero. Ella tenía los ojos cerrados y sus labios carnosos eran una tentación. Tenía los
pechos estrechados contra él y se maravilló otra vez de
lo bien que estaba entre sus brazos. No tenía que inclinarse porque fuese baja ni temía quebrarla porque fuese
demasiado delgada. Era perfecta. Creyó que podría mo-
rirse en ese instante si no entraba en ella, si no se deleitaba con ella, si no hacía algo con eso que lo atenazaba
por dentro, que aullaba pidiendo más.

Se ordenó a sí mismo que la apartara, que esperara
hasta que hubiese conseguido todo el poder que bus-
caba, pero Mattie se cimbreó y dejó escapar un sonido
leve y casi suplicante...

Él solo era un hombre. Le quitó los brazos de alrededor del cuello y la llevó al sofá de cuero que estaba pegado a una pared del avión. La sentó, se arrodilló entre sus piernas y le separó las rodillas para ver cada rincón de ella.

—Espera —ella parpadeó sonrojada y con la voz quebrada—. ¿Vas a...?

—Aguanta —le ordenó él inclinándose y aspirando el aroma de su piel excitada.

—Nicodemus... Yo no...

Sin embargo, lo dijo con un hilo de voz, como si solo fuese una queja testimonial cuando estaba arqueada delante de él y tan cerca.

—Yo sí —afirmó él como si fuese un hombre devoto elevando una plegaria.

Entonces, la veneró. Se puso sus piernas interminables sobre los hombros, le tomó las caderas con las manos y hundió la cara en su epicentro ardiente, como había anhelado hacer desde hacía mil años o más. Ella emitió el sonido más maravilloso que había oído jamás, algo parecido a un suspiro y un grito a la vez. Él gruñó sin apartar la boca de su esencia abrasadora. Tenía un sabor dulce y apasionado, como la miel, como si fuese suya. Podía notar que se estremecía entre sus manos y la paladeó hasta que notó que sus caderas empezaban a contonearse contra la lengua.

—No... —gimió ella.

Sin embargo, elevó las caderas para sentir mejor su boca y se tapó la cara con los brazos, pero él estaba tan absorto por el placer de paladearla por fin que no se lo impidió. Entonces, de repente, ella empezó a gritar su nombre. Estaba tensa y más hermosa todavía mientras se encorvaba contra él, sollozaba palabras que él no podía entender, casi como si estuviese llegando al límite contra su voluntad, cuando él podía saborear su anhelo... Hasta que estalló en mil pedazos, como él siempre había soñado que haría, gritando sin reparos su nombre.

Era completamente suya, pensó él con una satisfacción tan profunda que le pareció algo más, como una verdad que no sabía cómo llamar... ni lo intentó.

Mattie se odió a sí misma y tardó un buen rato en abrir los ojos. Cuando lo hizo, se encontró acurrucada en el sofá de cuero, tapada con la chaqueta larga de lana y con Nicodemus sentado a su lado con un aire jactancioso de seguridad en sí mismo que notó sin mirarle a la cara siquiera.

Lo miró de soslayo y vio que estaba contemplándolo con esos ojos oscuros, inflexibles e incisivos que la abrasaban en todas las partes del cuerpo que ella debería querer ocultar.

Tomó aire entrecortadamente y siguió sin entender por qué había permitido que ocurriera eso. ¿Por qué había hecho él eso? Era como si hubiese utilizado el cuerpo de ella contra ella misma y, en ese momento, no se le ocurría nada que pudiera asustarla más. Se apartó el pelo de la cara con una mano y mantuvo el jersey en su sitio con la otra, aunque no necesitó ver el brillo de sus ojos para saber que, a esas alturas, era absurdo. Se sentía completamente destrozada, hundida por dentro, como una desconocida dentro de su propia piel.

El silencio se alargó y no era nada cómodo. Nicodemus, a su lado, irradiaba ese calor amenazante que lo convertía en lo que era: el hombre más peligroso que había conocido. Siempre había sabido que era exactamente eso y acababa de demostrárselo. La miró detenidamente con sus ojos oscuros, pero ella no se atrevió a hacer lo mismo porque no sabía qué iba a ver.

–¿Se necesita esto? –le preguntó él en una voz baja

que la resquebrajaba por dentro–. ¿Tengo que hacer esto para ver lo que hay detrás de esa máscara que llevas?

A ella le aterraba que pudiera hacerlo, le aterraba lo que había pasado, sobre todo, cuando todavía podía sentir su boca en la parte más íntima de su cuerpo. Todavía podía sentir los espasmos, el anhelo, la incontenible oleada de placer y alegría que la había partido en dos. Sacudió la cabeza como si quisiera salir de ese episodio de inconsciencia y se dio cuenta de que estaba mirándose el regazo con el ceño fruncido.

–No creo que esa desafortunada demostración vaya a repetirse –contestó Mattie con tan poco convencimiento que hasta ella misma se dio cuenta–. Una vez ha sido suficiente.

–Una vez no es suficiente ni mucho menos –replicó él con una voz que, en cambio, era tan incisiva que se clavó en ella–. Solo ha sido el principio, Mattie.

–Dije que me casaría contigo –declaró ella como si oyera que su voz llegaba desde muy lejos–. Eso no significa que puedas exigir derechos maritales como un vestigio del siglo XVIII. Creo que ni siquiera puedes llamarme tu esposa porque estás comprando ese título.

–Mírame.

No quería mirarlo y no pudo entender por qué lo miró. Se sentía desgarrada, como si el corazón fuese algo palpitante que podía rajarla por la mitad, pero, aun así, lo miró porque él le había dicho que lo hiciera. Él le apartó el pelo de la cara con una delicadeza devastadora y ella tuvo que contener algo que temía que fuese un sollozo.

–¿Te doy miedo?

Él lo preguntó en un tono más delicado que hacía un momento, pero ella no podía derretirse por eso como se derretía su cuerpo, no podía tambalearse por cómo la miraba. No podía correr ese riesgo. Sabía lo que pasaba después. Empezaba con la delicadeza, la intimidad y el amor y acababa con la perdición y la oscuridad para siempre.

—¿Por qué ibas a darme miedo?

Ella lo preguntó en un tono áspero en comparación con la delicadeza que hacía que los ojos de él brillaran como el oro y la oscuridad que ella ocultaba dentro de sí, aunque la empleaba de escudo.

—Me encanta que los hombres a los que no deseo me arrastren a aviones privados y pongan sus bocas en los sitios que más les apetece de mi cuerpo. Es lo que más me gusta.

—Ay, Mattie...

Si él hubiese sido otro, quizá hubiera creído que la quería de verdad, que era algo distinto, algo más, que no era ese trofeo que llevaba persiguiendo tanto tiempo para ponerlo en una vitrina.

—No sé si es lo que más te gusta o no —siguió él—, pero ya es lo que más me gusta a mí.

Entonces, algo la oprimió por dentro y sintió una calidez distinta que le vibraba por toda la piel desnuda y que, lo que era peor, le llenaba los ojos de lágrimas. No sabía qué podría hacer si lloraba delante de ese hombre. No sabía cómo podría sobrevivir a eso cuando él ejercía todo su poder sobre ella, pero menos todavía si la veía llorar.

—No quiero esto —replicó ella entre dientes y clavándose las uñas en las palmas de las manos para no derramar las lágrimas—. No quiero participar en esto, nunca lo he querido y lo sabes.

Ella no sabía qué había esperado, pero no era ni esa mirada fija y demoledora que le habría parecido dolida en un hombre menos peligroso e inescrutable que él ni la caricia de sus dedos en la mejilla que consiguió que una calidez distinta se avivara dentro de ella.

–Lo sabes –repitió ella con insistencia, aunque él esbozó media sonrisa como si lo supiera mejor que ella–. Tú mismo lo has dicho.

Mattie se movió como si fuese una marioneta que alguien guiaba con unas cuerdas tensas. Encontró las bragas, se las puso y se sintió mejor inmediatamente. El sujetador, los vaqueros, la camiseta... Como si todo fuese una armadura que podía protegerla de ese hombre, como si hubiese algo que podía protegerla de él. Él se limitó a repantigarse en el sofá de cuero y a observarla mientras se ponía el jersey de pico y las botas.

–Yo no quería que ocurriera esto –siguió ella cuando estuvo vestida y se sintió ella misma.

–Sé lo que querías hacer –replicó él con esa expresión dolida y sombría–. Es posible que en adelante me escuches. Cuando te dije que era imposible que me avergonzaras, lo decía en serio.

–Entonces, eres mucho peor de lo que me imaginaba. No tienes remedio.

–Si tú lo dices... Tu problema es que esperas que esas pullas me duelan –la miró a los ojos y ella sintió como un puñetazo en la boca del estómago–. Llegas diez años tarde. Sé que, incluso ahora, harás y dirás cualquier cosa para intentar huir de lo inevitable.

–Es posible que tú debieras preguntarte por qué estás tan empeñado en casarte con alguien que quiere huir de ti, por qué un hombre que podría conseguir a cualquier mujer prefiere comprar una en cambio. Todo para ser presidente y director ejecutivo de una empresa que ni siquiera es suya. ¿No te parece un poco triste?

Parecía como si se sintiese más segura de sí misma por estar vestida, o que podía fingir mejor que no lo sentía a él en esa humedad ardiente que todavía palpitaba con un anhelo destructivo que podía acabar con ella. Que ya había acabado con ella.

—¿Ahora apelas a mi parte racional? —preguntó él con un gesto duro y letal en la boca, que ella podía saborear todavía—. ¿A mi parte buena?

—A tu parte que no vive en la Edad de Piedra.

—En lo que se refiere a ti, ahí vivo. Me da igual lo que hagas, Mattie, haz todo lo que puedas para salvarte, sigue así, verás lo que pasa.

—Me niego a creer que vas a obligarme a que me case contigo.

—No lo hago. No te saqué de tu apartamento esposada, no te secuestré. Nadie te obligó a que vinieras conmigo y nadie va a obligarte a que subas al altar.

Ella estaba temblando otra vez. ¿Por qué no podía parar? ¿Cómo había llegado a perder todo el dominio de sí misma? Se cruzó los brazos sobre el pecho, pero eso solo sirvió para que notara los pechos, que todavía lo anhelaban a él, siempre a él.

—Ta vas por las ramas y lo sabes.

—No —replicó él en un tono serio, aunque la miró con amabilidad—. Soy un hombre muy sencillo. Mantengo las promesas que he hecho. No tengo que obligarte a nada y no quiero obligarte. Ya te lo dije, eres libre de hacer lo que quieras y siempre lo has sido.

—¿Soy libre de que me hayas perseguido durante todos estos años? ¿Soy libre de que hayas hecho tratos con mi hermano y de que tendría que ser una egoísta monstruosa para rechazarlos?

—La libertad siempre tiene un precio —contestó él encogiéndose de hombros.

—¿Y qué ha sido... esto?

Ella hizo un gesto con la barbilla que esperó que abarcara todo lo que había pasado en el avión. Desde luego, no quería pensar en eso ni que esas imágenes le dieran vueltas en la cabeza. No quería sentir esas llamas que todavía le brotaban bajo la piel. No quería reconocer que él había derribado, con solo proponérselo, todas las defensas que había levantado durante toda su vida y, además, con la colaboración y participación de ella.

–Creía que querías que te llevara a dar una vuelta de prueba, Mattie –contestó él riéndose incluso cuando ella frunció el ceño–. ¿No te ha parecido una prueba suficiente? ¿Quieres que intentemos subir un poco la intensidad?

–Preferiría saltar del avión ahora mismo.

–Sería una desgracia –replicó él como si no le importara lo más mínimo–. Además, sería doloroso y mortal.

–No quiero tener relaciones sexuales contigo –insistió ella en un tono demasiado estridente.

Él, como de costumbre, no hizo lo que ella esperaba que hiciese. Se limitó a sacudir la cabeza como si fuese una niña.

–Eso es mentira y tienes que saber que lo sé porque he paladeado lo que quieres.

–¿También vas a manipularme con eso? –preguntó ella casi gritando–. ¿Habrá más repercusiones atroces si no me abro de piernas cuando me lo ordenes?

–Puedo prometerte que nunca te ordenaré que te abras de piernas, por muy intrigante que pueda ser esa imagen.

–No eludas la pregunta.

Él la miró detenidamente y ella, una vez más, tuvo la desasosegante sensación de que podía ver todo lo que había intentado ocultar durante toda su vida, todo lo que había enterrado.

–No, no voy a obligarte y no voy a manipularte.

–Me gustaría poder confiar en ti.

–Nunca te he mentido –añadió él de la misma manera inflexible e implacable–. Tú no puedes decir lo mismo y creo que eso es en lo que no puedes confiar.

Ella se frotó los brazos y se sentó acurrucada en uno de los asientos.

–No sé qué quieres decir.

–Mattie, no tengo que obligarte ni manipularte ni quitarme la ropa para provocarte, ¿verdad? –él esbozó una sonrisa impresionante, tan deslumbrante y devastadora como una explosión nuclear–. Basta que te toque para que seas mía, siempre has sido mía. Quizá, deberías reconocerlo de una vez.

Llegaron a su isla a mediodía del día siguiente, después de un viaje en helicóptero desde un aeródromo privado de las afueras de Atenas, y él tuvo que hacer acopio de todo el dominio de sí mismo que le quedaba para no echársela a un hombro y llevarla a su dormitorio en cuanto entraron en su villa, como había dicho que no haría. Había sido una partida muy larga, pero el final estaba cerca y no podía perder la ventaja en ese momento. Ella tenía que acudir a él, tenía que claudicar, tenía que ser partícipe del triunfo de él o no la habría vencido de verdad.

Había comprado esa isla poco después de aquel maldito baile llevado por el éxito creciente y la sensación de tener un objetivo. Había pensado rehacer el mundo a su imagen y semejanza y, en gran medida, lo había conseguido. Había construido la inmensa villa como un monumento a su poder en alza y a las impresionantes vistas que se divisaban desde la rocosa colina de esa pequeña isla escondida entre las turísticas islas Cícladas. Era la casa con la que había soñado mientras se criaba en un piso abigarrado del puerto del Pireo, a unos kilómetros de Atenas, entre las estrictas normas de su padre primero y entre sus mentiras más tarde. Era una casa repleta de luz y arte y rodeada de mar, no del ruidoso y bullicioso vecindario de su infancia. La elegancia y la prosperidad se veían en cada detalle, desde los techos increíblemente altos hasta los lienzos que había colgado de las paredes. Solo necesitaba una mujer que viviera allí con él, una tan cara y resplandeciente como esa vista que había hecho propia con tanto trabajo. No una mujer cualquiera. Lo había intentado con mujeres sofisticadas y de buena familia y había acabado con Arista, quien había querido su dinero, su poder y su destreza en la cama, pero no un anillo ni su apellido. Tardó demasiado en ver su verdadero rostro y en entender lo que había significado que su familia le sonriera con desdén por sus raíces. Mattie era distinta porque siempre había visto su verdadero rostro. Había sabido desde el principio que su aversión hacia él era mentira. La había tenido entre los brazos en aquel salón de baile y había sentido su estremecimiento, aunque ella lo negara. Más aún, aspirar a ella era aspirar a ocupar un lugar en el seno de su familia. Sabía perfectamente el buen concepto que su padre había tenido de él porque Bart Whitaker también era un hombre que había empezado de cero y que se había casado con alguien de una clase superior. Era como si Mattie estuviese hecha especialmente para él y, en ese momento, estaba allí, donde había querido que estuviera desde hacía diez años, en su casa, entre las paredes que había proyectado y construido él mismo, como el último componente de un sueño hecho realidad.

Él sabía, gracias a su dolorosa experiencia, que había pocas cosas en la vida que fuesen tan buenas como parecían en teoría, y ella era una de ellas. Entonces, algo brotó dentro de él, una mezcla de deseo, satisfacción y la sensación de haberlo conseguido por fin, y se quedó allí, en el vestíbulo, dejando que bullera dentro de él. La observó dar la vuelta con una expresión indescifrable en su precioso rostro iluminado por la luz del sol. Inclinó la cabeza hacia atrás como si quisiera recibir toda esa luz, hasta que se dio cuenta de que él la miraba y volvió a encerrarse en sí misma porque Mattie siempre tenía alguna artimaña, siempre había otra mentira. Tenía que recordarlo antes de que hiciera algo ridículo, como tomarla entre los brazos y dar vueltas como si fuese a casarse con él encantada de la vida, como si eso fuese una historia de amor. No debería haberle sorprendido ese sentimentalismo, no era nada nuevo. Eso era la culminación del último sueño que le quedaba. Ya había logrado todos los demás y Mattie era lo último que quería y no había conseguido todavía. Su cruz era que también quería que ella fuese real.

–Te preguntaría si te gusta, pero da igual, ¿no?

Él lo preguntó con una frialdad que no quiso disimular porque prefería que oyera eso y no lo que sentía de verdad y que lo delataría.

–Eso parece –ella lo miró a los ojos, pero apartó la mirada enseguida, como si temiera lo que él podría ver–. Si tú lo dices... ¿Quieres que me dirija a ti todo lo dócilmente que pueda?

–No tienes nada de dócil, Mattie –replicó él con paciencia, aunque tenía los dientes apretados–. Sobre todo, cuando puedo oír que sofocas la rabia mientras hablas.

–Me imagino que es una reacción natural a mis circunstancias. Intentaría formar un grupo de apoyo, pero sospecho que las novias como botín de guerra se acabaron el siglo pasado, si no mucho antes.

–Así es la historia de la humanidad –él se metió las manos en los bolsillos para no tocarla y se acercó a ella–. No estamos haciendo nada especial. La gente ha hecho cosas así, por los mismos motivos, a lo largo de toda la historia.

–Querrás decir que siempre han obligado a las mujeres a hacer cosas así –él captó los restos de su pasión en los ojos y quiso volver a deleitarse con ella más que respirar, pero esperó y tomó aliento–. Las mujeres tienen que plegarse o los reinos de derrumban. Las mujeres tienen que someterse o los países, las empresas y los hombres se desmoronan.

–Considéralo una lección de historia si eso hace que lo asimiles mejor.

–¿Y qué pasa con lo que yo quiero, Nicodemus? –preguntó ella mirándolo con rabia.

–¿Qué pasa? Los dos sabemos que no te opones a esto tanto como finges. ¿Acaso no quedó demostrado clara y abrasadoramente a treinta mil pies de altitud?

–Vuelves a equivocarte, pero no me sorprende.

–¿Te he pegado? –ella dio un respingo como si hubiese sentido un latigazo–. ¿Te he maltratado de alguna manera? Muchos hombres se habrían tomado ese espectáculo espontáneo, cuando te desnudaste en el avión, como una invitación a satisfacer cualquier apetito.

–¿No lo hiciste tú?

–En el futuro –él se rio–, recuérdame que no me controle contigo. Sobre todo, cuando te desnudes en sitios imprevisibles.

–No quise –susurró ella entre dientes, como si hubiese preferido gritar. Estaba rígida y evidentemente furiosa, pero él la encontraba muy hermosa porque intentaba desafiarlo–. No quería nada de lo que hiciste.

–Eso me pareció cuando gritaste mi nombre y alcanzaste el clímax en mi boca.

Ella se encogió como si la hubiese abofeteado.

–Creía que pararías –volvió a susurrar ella con aspereza.

–¿Porque siempre lo había hecho antes? –preguntó él–. Entonces, habrás aprendido una lección muy útil. No me pongas a prueba. Tu cuerpo no me miente, Mattie. Es mucho más sincero.

–Que mi cuerpo tenga una reacción química y disparatada a ti no quiere decir que yo quiera entregarme a ella. El mundo no funciona así.

–El tuyo sí –replicó él inexpresivamente–. Cuanto antes lo aceptes, más feliz serás. Esto es como tu cuento de hadas personal –él hizo un gesto con los brazos para que ella observara lo que la rodeaba–. Un cielo azul, un mar griego perfecto, un pequeño castillo en lo alto de una colina. Todo esto es tuyo si te casas con un hombre con el que tienes esa química tan inoportuna. No se necesita un zapato de cristal. Deberías parecer más contenta.

Ella se giró levemente para mirar las maravillosas islas griegas que se veían detrás de los paneles correderos de cristal que ocupaban tres lados, pero apretó los labios.

–Creo que tú piensas en cuentos de Disney –comentó ella mirando fijamente hacia Kimolos, la isla más cercana, como si estuviera calculando si podría nadar hasta allí–, pero a mí me parece uno de los hermanos Grimm, donde todo acaba con ojos arrancados y ríos de lágrimas.

Él esperó a que ella se diera la vuelta otra vez y, cuando lo hizo, se limitó a sacudir lentamente la cabeza. Ella frunció el ceño en un gesto sombrío e implacable, pero solo consiguió que él la deseara más.

–Me alegro de que hayas aceptado la situación con tanta elegancia –comentó él sin alterarse–. Ya que estamos en ello, te enseñaré nuestra habitación.

Ella parpadeó y se quedó completamente inmóvil, como él había sabido que haría.

–¿Nuestra habitación?

Él sonrió.

# Capítulo 4

TRES días más tarde, Mattie dijo obedientemente los juramentos, aunque no significaran nada para ella. Estaba en lo alto de un acantilado desde donde solo se veía el mar Egeo y la isla más cercana, que, como le había informado Nicodemus, tenía menos de mil habitantes y el único transbordador a Atenas.

–Si quieres nadar hasta allí –había comentado él la noche que la instaló en el dormitorio que iban a compartir–, debes saber que está a varios kilómetros de distancia y que hay una corriente muy fuerte. Podrías acabar en Trípoli por la mañana.

–Sería una lástima cuando estamos tan cerca de la boda del siglo –había replicado ella sin poder morderse la lengua cuando lo miró por encima de la inmensa cama.

Nicodemus se había limitado a reírse y la había dejado allí para que bullera por dentro, maquinara e intentara no desmoronarse.

Ella seguía sin creerse que eso estuviese sucediendo de verdad. Sobre todo, cuando, esa misma mañana, él la había mirado de arriba abajo en esa habitación acristalada y había torcido levemente los labios al ver el severo vestido gris que se había puesto para la ocasión.

–¿Ya estás de luto?

Él lo había preguntado en ese tono burlón que hacía que su voz fuese más profunda y sombría. La había acariciado como otro lametón de su diestra lengua y con el mismo efecto explosivo. Había intentado resistirse denodadamente, pero la expresión de él le había indicado que no lo había conseguido del todo.

—Me pareció lo apropiado —había contestado ella con frialdad—. Ha sido lo único que he encontrado en tan poco tiempo y que indicara que subía obligada al altar. ¿No estás de acuerdo?

Nicodemus se había limitado a reírse de ella, como había hecho muchas veces desde aquel día en la biblioteca de su padre. Desde el día que cumplió dieciocho años, mejor dicho. Luego, la agarró del brazo y la llevó hasta la terraza cubierta donde esperaban el sacerdote y dos de sus empleados domésticos, quienes serían los testigos de esa pequeña tragedia. Ella se había repetido que eso no estaba sucediendo, que no era real, que nada de eso tenía importancia. Aunque Nicodemus le tomó las manos y dijo su juramento con esa voz poderosa que le retumbó en los huesos. Aunque el sacerdote habló en inglés y griego para cerciorarse de que lo entendía. Aunque uno de los empleados tomó una serie de fotos que ella no quería ver. Aunque Nicodemus la abrazó y le dio un beso frío y posesivo en la boca, más como un trámite que como otra cosa. Aunque a su traicionero cuerpo le había importado cómo la había besado y ella no podía soportar que no pudiese mentirse sobre eso, que la prueba estaba en los insistentes y estruendosos latidos de su corazón y en el abrasador calor que sentía en lo más íntimo de su ser. Sobre todo, cuando él la dejó en esa maravillosa terraza para acompañar al sacerdote y los testigos a la villa como si no se le hubiese pasado por la cabeza que podría estar tentada de saltar al mar para escapar de él como fuese o para ahogarse y aparecer en Trípoli.

Solo podía ser otra pesadilla y las conocía muy bien. Eso no había pasado de verdad. Sin embargo, mientras lo pensaba, se miró la mano y todos los anillos que él le había puesto uno detrás del otro. Uno con un diamante cuadrado que se elevaba sobre dos zafiros y otro de platino con diamantes incrustados. Eran el tipo de anillos que llevaban las amas de casa de los *reality shows*, pensó ella desalmadamente, aunque sabía que no era justo. Sencillamente, no eran el tipo de anillos sobrios que había llevado su madre hacía años, el tipo de anillos que ella se había imaginado que llevaría algún día. Aunque Nicodemus tampoco le había preguntado qué quería. Aun así, e independientemente de lo mucho que los mirara con el ceño fruncido, se daba cuenta de que esos anillos le quedaban perfectamente.

La tarde de octubre era fría, o quizá lo estuviera ella. Nunca había sido una de esas chicas locas por casarse, que siempre se imaginaban ese día perfecto y que miraban revistas de bodas cuando no tenía novio, pero sí se había imaginado que alguno de sus padres estaría allí cuando llegara el día. Le dolía mucho que ninguno de los dos estuviese vivo para saber que se había casado, y mucho menos que lo hubiese presenciado, claro. Además, ella sabía que esa situación era parte de una operación mucho más amplia para controlar la empresa familiar y todos los intereses que eso implicaba y se había imaginado que Chase habría podido ir desde Londres para presenciar su sacrificio en beneficio de él en vez de mandarle un texto lacónico con sus disculpas. No obstante, Chase y ella no habían estado muy unidos desde hacía tiempo y ella sabía de quién era la culpa. Se alegraba de que se hubiese quedado helada porque si no, podría haber dejado escapar ese sollozo tan profundo que estaba formándose dentro de ella y eso podría haber arruinado lo poco que le quedaba de sí misma.

–¿Estás reflexionando sobre tu buena suerte? –le preguntó Nicodemus desde detrás de ella.

–Algo así –contestó ella todo lo fría y desapasionadamente que pudo.

Oyó el rugido de un motor y vio una lancha que partía en dirección a Kimolos con tres personas a bordo. Eran el sacerdote y los dos testigos, lo que significaba que se había quedado sola con Nicodemus. Se dio la vuelta lentamente para mirar al hombre que estaba detrás de ella. Tenía las manos en los bolsillos del pantalón tostado, su impecable camisa blanca resaltaba su piel olivácea, contrastaba con sus preciosos ojos oscuros y su pelo casi desmandado y, aunque no era ceñida, conseguía realzar su poderoso pecho. Debería haber parecido cualquier cosa menos elegante, pero, por algún motivo, todo le favorecía y destacaba su poder y su falta de escrúpulos en vez de socavarlo.

Entonces, se dio cuenta de que tenía algo distinto, algo más peligroso que antes y que hizo que se le erizara el vello de la nuca y de los brazos. Era casi como si... Lo entendió enseguida. Él había ganado, como siempre le había dicho que haría. Se le secó la garganta. Nicodemus Stathis era su marido.

—Vamos dentro —propuso él con una mirada tan sombría como paciente.

—Estoy bien aquí —replicó ella estremeciéndose por dentro.

Fue una sandez, hizo que pareciera una niña, y lo supo en cuanto las palabras salieron de sus labios. El rostro implacable de él se suavizó y eso lo empeoró todo.

—Tienes miedo de que si entras conmigo consumaremos el matrimonio inmediatamente —él ladeó la cabeza como si estuviese imaginándoselo y ella sintió un arrebato de deseo—. En tus fantasías medio aterradoras y medio anhelantes, ¿sucede en el suelo de mármol? ¿Contra la pared y debajo de los cuadros? ¿Encima de los sofás para tomártelo con calma?

—No pienso en nada de eso. Hemos dormido dos noches en el mismo dormitorio y no me has atacado. No te tengo miedo.

Sin embargo, claro que lo pensaba y las imágenes ardientes de él no facilitaban las cosas, sobre todo, cuando sabía cómo la había provocado y atormentado, cómo la había elevado hasta unas alturas a las que nunca había soñado llegar.

–Claro que no –él hizo una mueca burlona–. Por eso te he encontrado durmiendo en la habitación de invitados una noche y en el sofá del solárium la siguiente, porque no me tienes ningún miedo.

Ella no pensaba hablarle de las pesadillas que la habían asaltado todas las noches desde que podía recordar; del chirrido de los neumáticos, de ese cántico interminable, del tramo vacío de la carretera. Por eso no había dormido nunca con nadie en la misma cama. Si bien se había dado cuenta enseguida de que sería inútil discutir con Nicodemus sobre el asunto de tener dormitorios separados, eso no significaba que no hubiese soluciones opcionales. Había hecho lo que siempre hacía cuando se encontraba con que tenía que dormir en situaciones inaceptables, fuese allí, en el internado o en cualquier otro sitio: fingía quedarse dormida donde la ponían y luego se escabullía a un sitio donde su violento despertar no llamara la atención.

–Tú trabajaste, entre comillas, las dos noches hasta el amanecer. ¿Qué te importa dónde dormí?

La miró con detenimiento, como hacía muchas veces y conseguía que se preguntara por qué no se había dado cuenta de que él se había pasado todos esos años descifrándola mientras ella solo se había concentrado en evitarlo. Peor aún, consiguió que recordara lo que sintió al despertarse esas dos noches entre sus brazos mientras la llevaba por toda la casa acurrucada contra la deliciosa tortura de su magnífico pecho. A salvo, como le susurraba una parte amotinada de sí misma cuando la dejaba otra vez en esa cama enorme del dormitorio principal y se tumbaba a su lado durante un par de horas rodeándola con los brazos como si pudiera ahuyentar cualquier cosa que se presentase en su camino. Pensar en eso no la ayudaba nada, se recordó a sí misma con firmeza.

—Me importa que sigas desobedeciéndome cuando he dejado muy claro que la desobediencia tendrá consecuencias —contestó él en un tono tan aterciopelado que ella casi no se enteró de lo que había dicho—. Sin embargo, deberías preguntarte por qué insistí en que durmieras en el dormitorio principal aunque sabía que tenía que trabajar todo ese tiempo, como lo hice.

—Si me importara dónde duermo tanto como parece importarte a ti, te lo habría preguntado —replicó ella en un tono gélido.

—Porque te conozco mejor de lo que te imaginas —contestó él por ella y confirmando muchos de sus peores temores—. Además, todo es más fácil contigo si se introduce poco a poco.

Ella no quería pensar en eso y en todo lo que implicaba sobre su historia, sobre él, sobre lo que iba a pasar entre ellos si él se salía con la suya.

—No soy un caballo terco al que puedes aplacar con unos susurros y unas zanahorias. Tú, desde luego, no eres un vaquero ni esto es el Oeste.

—Creo que deberías tener en cuenta que, si me pareció bien que te desnudaras en un avión, no voy a andarme con muchos miramientos en mi propia isla, donde no hay un piloto y una azafata a unos metros. Si te deseo, que estés en otra habitación no va a disuadirme.

—Gracias —murmuró ella entre dientes—. Es muy tranquilizador.

–Si quieres que te tranquilice, solo tienes que pedirlo.

La miró a los ojos con esa delicadeza que sería la perdición de ella. Además, la comprensión que se captaba en su voz era espantosa y la asfixiaba.

–¿Qué pasaría si necesitara que me tranquilizaran de ti? –preguntó ella con un hilo de voz.

Él esbozó algo parecido a una sonrisa y ella sintió algo muy parecido a la tristeza, como si hubiese perdido algo en ese momento.

–Vamos dentro –repitió él.

Su padre siempre le había dicho que, si no podía llevar las riendas, al menos podía ser pragmática. Se recompuso lo mejor que pudo, levantó la cabeza, se puso muy recta y entró como si avanzara por una tabla para saltar a un mar infestado de tiburones. Él cerró las puertas de cristal. Ella oyó el chasquido como si hubiesen disparado una pistola en su oreja. Fue hasta los asientos que había junto a los ventanales y se sentó en una butaca para que él no pudiera sentarse al lado de ella. Nicodemus la observó y volvió a hacer una mueca, como si no le costara nada saber lo que estaba pensando. Luego, fue hasta el mueble bar y sirvió dos copas de champán.

–Tómala, por favor –le pidió él cuando ella miró con el ceño fruncido la copa que le ofrecía.

Estaba aturdida, pero la tomó y la miró fijamente, como si fuese veneno.

–*Eis igían sas* –ella volvió a fruncir el ceño y él levantó la copa para brindar, un brindis que ella estaba segura de que era una burla–. A tu buena salud.

–No estoy segura de que, en mi situación, debiera desear tener buena salud –replicó ella dejando la copa en la mesa de cristal sin haber dado un sorbo–. Me parece que debería estar esperando un virus que acabara conmigo sin demasiado jaleo. Podría ser mi única escapatoria.

–Lamento decirte que la riqueza te permite acceder a los mejores médicos de todo el mundo. Me ocuparía de que te curaran.

–¿Hasta cuándo, exactamente, voy a estar atrapada en este matrimonio?

–Deberías haber prestado más atención durante la ceremonia. Hasta la muerte –contestó él sin inmutarse–. Para siempre.

Entonces, la miró de una forma que hizo que ese nudo que tenía en el vientre cobrara vida de nuevo, anhelante y traicionero a la vez.

–Hasta la muerte no es lo mismo que para siempre.

–Sí, Mattie, podrás disfrutar de toda la libertad que quieras, en la tumba –le explicó él en un tono tan condescendiente que hizo que ella se sintiera como una niña enrabietada.

–Maravilloso –comentó ella con una sonrisa falsa–. Ha sido maravilloso. Todas las mujeres sueñan con casarse precipitadamente, lejos de todas las personas que quieren y, a medias, en un idioma que no entienden. Si me disculpas, creo que voy a echar una cabezada para recuperarme de las emociones de tanto glamour insospechado.

–Has echado bastantes cabezadas desde que llegamos aquí –él se sentó en la butaca que tenía al lado, inclinó el cuerpo hacia ella y el corazón se le aceleró–. ¿Por qué será?

–¿El jet lag?

Naturalmente, no había dormido durante esas cabezadas que, según ella, tenía que echarse. Solo se había alejado de él todo lo que había podido.

–Es posible –él pasó los dedos por el delicado cristal que sujetaban y ella recordó, con una precisión asombrosa, esos dedos recorriéndole las líneas del tatuaje–.

También es posible que intentes evitar las consecuencias de los últimos diez años, por no decir nada de lo que pasó en el avión.

–Hablas mucho de esas consecuencias –comentó ella en el tono más despreocupado que pudo–. Sin embargo, ya me siento humillada. Es lo que pasa cuando te obligan a casarte con quien no quieres. ¿Qué es un ligero entretenimiento en un avión comparado con eso? Supongo que lo habrás grabado todo y que piensas colgarlo en YouTube. Sesenta millones de visitas y un montón de comentarios insultantes y procaces es lo único que puede empeorarlo.

–Creo que ese es más tu terreno que el mío –replicó él con ironía para recordarle el vídeo que una «amiga» suya había colgado cuando ella tenía veintitrés años y estaba muy bebida–. Que yo sepa, nunca he engrandecido Internet sin mi conocimiento.

–¿También eres el dueño de Internet? ¿O solo de todas las personas que pueden colgar algo ahí?

–Me alegro de que nada de esto haya ensombrecido tu sentido melodramático.

Mattie se dio cuenta de que tenía los puños cerrados sobre la falda de ese vestido gris oscuro que le pareció una buena idea cuando lo metió en la maleta en Nueva York y que, en ese momento, solo le parecía una chiquillada. Como, directa o indirectamente, él le había reprochado ser un centenar de veces. Estar cerca de él hacía que perdiera el dominio de sí misma y sintiera un pánico que no había sentido jamás, que estuviese peligrosamente cerca de dejarse arrastrar por todo lo que llevaba en la parte más recóndita y oscura de sí misma. Sobre todo, cuando él había cumplido lo que había dicho, había ganado y seguía ganando.

–¿Has mandado a tus empleados con ese sacerdote? Ella lo preguntó en voz baja y ronca, demasiado elocuente, y le pareció que él lo había captado porque la miró fijamente durante un rato sin decir nada.

—Sí —ella no entendió el destello de sus ojos oscuros como la miel, ni quiso entenderlo—. Estamos solos, aunque todas las mañanas traerán suministros si quieres algo. ¿Qué quieres?

—Ir a Atenas.

—Aparte de eso.

—No sé qué quieres tú de mí.

—Sí lo sabes —él sonrió y ella sintió un escalofrío, pero intentó convencerse de que era por miedo, no por pensar en lo que se avecinaba—. Todo, Mattie. Lo quiero todo, como te dije desde el principio.

—Eso solo era un juego —ella sacudió la cabeza—. Un reto que se alargó durante años, una estupidez. Esto es distinto, ya no es un juego. No lo quiero, Nicodemus.

Él se inclinó para dejar la copa vacía en la mesa y volvió a dejarse caer contra el respaldo. Ella no podía dominar el tormento que sentía por dentro, no podía hacer nada contra esa marea roja que se adueñaba de ella imparablemente. Él se mantenía inmóvil y despreocupado, como si todo estuviese transcurriendo según lo planeado. Ella supuso que eso era lo que estaba pasando y se sintió más atrapada que antes.

—No te creo —replicó él con esa calma exasperante—. Además, aunque te creyera, ya está hecho.

—Hice lo que querías, me casé contigo. ¿Por qué no basta con eso?

Él volvió a sonreír elocuentemente, peligrosamente.

—Sabes por qué.

Mattie no quiso moverse ni hacer nada, solo quería quedarse como estaba y esperar que pudiera taladrar de alguna manera unos agujeros en la coraza pulida e impenetrable de él... Sin embargo, estalló. Dio un manotazo con todas sus fuerzas a la copa llena de champán, que voló por los aires derramando todo el líquido y acabó estrellándose contra el suelo de mármol blanco a unos tres metros de distancia. Durante un momento, solo oyó su respiración entrecortada y el pulso que le retumbaba en los oídos.

Nicodemus, sin inmutarse, miró el vuelo de la copa y se quedó un rato con los ojos clavados en el cristal hecho añicos.

–Ay, Mattie –él suspiró con delicadeza, lo que le indicó que se había metido en un lío, por si ella no se había dado cuenta–. No deberías haber hecho eso.

Nicodemus decidió que, después de todo, estaba pasándoselo bien.

–Vas a limpiarlo –Mattie tenía la cabeza levantada con tozudez y a él le pareció divertido–, pero, naturalmente, antes recibirás un castigo.

–¿Un castigo? –preguntó ella como si no hubiese oído nunca esa palabra.

–Es lo que pasa cuando uno se deja llevar por una rabieta. Lo habrías sabido si tu padre no te hubiese mandado a aburridos internados británicos durante media vida y no te hubiese tratado con un abandono benevolente el resto del tiempo.

Ella se puso rígida y sus preciosos ojos brillaron con rabia.

–Estás mal de la cabeza.

Él sonrió y se dejó caer con indolencia sobre el respaldo de la butaca.

–Es el día de nuestra boda, yo también me siento benevolente y dejaré que elijas entre someterte a lo que yo te diga o que te dé unos azotes.

Ella tardó en reaccionar, hasta que asimiló lo que había dicho, se sonrojó y el pulso se le aceleró en el cuello mientras se retorcía en la butaca.

—¡No puedes azotarme!

Sin embargo, había algo en el tono de su voz y en el brillo de sus ojos y él se preguntó qué estaría imaginándose con esa cabeza tan complicada que tenía. También se preguntó si sería lo mismo que estaba imaginándose él.

—¿De verdad?

—¡No puedes hacer todo lo que quieras!

—Quéjate a las autoridades locales, Mattie —él señaló con la cabeza hacia el mar—. Tendrás que nadar un poco, como te dije, pero estoy seguro de que en Libia te recibirán con los brazos abiertos cuando la corriente te arrastre hasta allí.

—¡No seas absurdo!

Sin embargo, él notaba que no estaba tan segura de sí misma como en todos los encuentros anteriores y eso le divirtió más que cualquier otra cosa. Quizá se hubiese dado cuenta de que durante todos los años que habían estado jugando al ratón y al gato ella había confiado demasiado en que siempre estaban en público cuando se veían y él se contenía, pero, en ese momento, estaban en su casa, jugando a su juego y con sus reglas.

—Pórtate como una niña y te trataré como si lo fueras —replicó él al cabo de un rato, cuando le pareció que podía oír los latidos de su corazón—. No soy tu padre, Mattie. Yo no voy a malcriarte por un lado, no hacerte caso por el otro y, además, esperar que todo salga bien.

En eso se incluía la «fase desenfrenada» de Mattie que se había fotografiado tanto y que seguía irritándolo más de lo que estaba justificado y era justo. También se incluía que Bart no hubiese dejado nada previsto para sus hijos por si se moría. ¿En qué había estado pensando?

—No vas a darme una paliza.

Ella volvió al tono de voz aburrido, pero él pudo captar el brillo de inquietud de sus ojos.

—No creo que sea una paliza si acabas suplicándomelo, y mucho menos si disfrutas, pero puedes llamarlo como quieras.

–Evidentemente, no voy a someterme a algo así. Es bárbaro.

Él sonrió y se dio cuenta de que lo había hecho con cariño, lo que debería haberlo aterrado, debería haberle recordado su historia con Arista y todas las alarmas a las que no hizo caso la primera vez. Sin embargo, lo dejó a un lado y se concentró en la mujer que tenía delante. Su rabia había derretido la coraza de hielo que llevaba desde la ceremonia de la boda. Otra victoria.

–¿De verdad? Si meto la mano entre tus piernas, ¿te encontraré tan ávida de mí como en el avión? ¿Tan húmeda y anhelante?

Durante un rato, ella solo pudo respirar y temblar donde estaba sentada con los puños cerrados y con una furia que casi lo deslumbraba y despertaba toda su voracidad. Sería muy pronto, se dijo a sí mismo.

–Recogeré los cristales y limpiaré el suelo –dijo ella en voz baja–, pero no me azotarás.

–Bueno, hoy no. Lo entiendo. La confianza necesita tiempo.

Mattie lo miró con resentimiento, o lo que habría sido resentimiento si él no hubiese visto el destello de deseo de sus ojos. No solo de sexo, y esa era una de las cosas que lo desasosegaban de ella. Le atraía ese deseo de más que ocultaba. Ella se levantó y se dirigió hacia el estropicio que había organizado. Él dejó que anduviera unos pasos. No creía que ella supiera cómo le sentaba ese vestido. No parecía una viuda ni un espectro, como ella pretendía. El gris hacía que sus ojos y su pelo parecieran unos maravillosos retazos de cielo despejado en un cielo nublado y él se preguntó por qué las novias se vestían de blanco, aunque, naturalmente, no todas las novias eran como ella. Que Dios se apiadara de él, la deseaba de mil maneras. Afortunadamente, se había contenido durante tantos años que podía seguir haciéndolo.

–Párate, quédate donde estás –le ordenó él cuando llegó el centro de la habitación.

Ella lo miró con el ceño fruncido, pero obedeció. Él se limitó a observarla mientras ella fruncía más el ceño.

–¿Y bien? –preguntó ella en tono tenso–. ¿No te parece que ya son bastantes tareas domésticas y amenazas de maltrato físico por un día?

–No te muevas –volvió a ordenarle él–. Te dije que tenías dos alternativas y como, según tú, te opones inflexiblemente a que te azote, eso significa que has elegido la otra por defecto.

–¿De verdad es necesario que juegues a ser un dictador, Nicodemus?

Ella lo preguntó con su habitual tono provocador, pero en su voz se reflejaba algo más, algo real, algo desgarrado.

–No lo sé. Me he preguntado algo parecido muchas veces durante los últimos diez años. ¿Tienes la respuesta?

–Yo no estaba jugando a nada. No te quería, no te quiero.

–Me había imaginado que dirías eso –él sonrió–. Pareces nerviosa, Mattie.

–Evidentemente, quieres que esté nerviosa.

–Quizá debieras estarlo. Quizá deberías habértelo tomado en serio hace mucho tiempo.

Por fin, notaba que estaba todo lo nerviosa que él podía esperar, pero no eran solo nervios. También se traslucía el anhelo y esa corriente eléctrica que se parecía mucho a la expectativa. Había pasado mucho tiempo aprendiendo a interpretarla y, por fin, estaba dando frutos.

–Solías decirme que te gustaba mucho bailar –comentó él cuando comprobó que ya estaba alterada–. ¿Te acuerdas? Me explicabas cada dos por tres por qué era necesario que pasaras tanto tiempo entrando y saliendo de discotecas.

–Sí –contestó ella casi sin reconocer su propia voz–. Me gusta bailar. ¿Es otro de esos delitos que te inventas para castigarme?

–Entonces, baila para mí.

Fue un desafío, una orden más bien, y él hizo un gesto con la mano que abarcaba toda la villa vacía, donde solo estaban ellos dos y esa avidez que aumentaba entre ellos cada vez que respiraban.

–¿Qué...?

Sin embargo, como si obedeciera inconscientemente, ella se contoneó y él sintió una punzada de deseo en lo más profundo de su ser. Quizá ella no supiera cuánto la deseaba, quizá no pudiera reconocérselo, pero él sí lo sabía. Lo había sabido desde aquel baile ardiente de hacía tantos años. ¿Cómo habría cambiado todo, qué habría sido de ellos, si ella le hubiese dejado pretenderla entonces y no lo hubiese arrastrado a esa persecución tan larga?

–Finge que me deseas tanto que te cuesta respirar. Finge que me deseas casi tanto como me temes, como si fuese un virus espantoso que podría matarte. Finge que así, al encandilarme y seducirme, podrías mostrar algo de tu poder –tenía la mirada clavada en ella, como le gustaría tener las manos–. Si lo haces lo bastante bien, mi dulce esposa, quizá no tengas que fingir. Hazlo mejor todavía y es posible que, después de todo, no tengamos que llamarlo un castigo.

# Capítulo 5

**M**ATTIE, sin embargo, se largó. Corrió por toda la villa, pasó de largo esos cuadros sobrecogedores y no los miró por miedo a que pudieran decirle algo que no quería saber sobre su dueño. Corrió hasta el dormitorio principal, donde estaba la cama inmensa que no quería compartir con él, y se encerró en el cuarto de baño. Como una niña otra vez.

Esperó con el corazón acelerado a que Nicodemus aporreara la puerta, gritara e, incluso, la tirara abajo. Sin embargo, no pasó nada de todo eso. Ella no sabía siquiera si seguiría sentado donde lo había dejado con sus seductores labios haciendo una mueca y su voz grave tentándola. «Finge que me deseas casi tanto como me temes». Ella no tenía que fingir nada con él y le daba un miedo espantoso que lo supiera como parecía saber todo lo demás. Todavía no entendía cómo lo sabía, cómo lo había sabido siempre. La bañera, enorme, estaba sobre una tarima y delante de un ventanal que daba al mar. Se acurrucó dentro para que la porcelana la tranquilizara un poco. Miró el sol que se ocultaba por el horizonte entre tonos naranjas y rojos y vio que empezaban a salir las estrellas.

Acabó quedándose dormida, hasta que se despertó con la agitación de siempre, con la pesadilla atenazándole las entrañas. El choque. El espanto. Las horas atrapada en el asiento trasero con la cara pegada al cuero y

Chase abrazándola mientras los dos temblaban... Se frotó los ojos, esperó volver al presente y se quedó dormida otra vez.

Cuando se despertó por la mañana, se quedó deslumbrada por la luz y tardó un rato en darse cuenta de que no estaba en la bañera. Estaba en la cama del dormitorio principal y Nicodemus, su marido, estaba tumbado a su lado, como todas las mañanas desde que habían llegado a la isla. Sin embargo, esa vez, no recordaba que él la hubiese llevado allí. Solo recordaba la pesadilla. ¿Cómo la había transportado sin que ella se enterara? ¿Le habría dicho la verdad mientras estaba dormida? ¿Qué más había pasado que ella no podía recordar?

Se sentó y se destapó para cerciorarse de que seguía llevando el vestido de la boda y no disimuló el suspiro de alivio cuando comprobó que también llevaba las mismas bragas y el mismo sujetador.

–Te tranquilizaré –comentó Nicodemus en ese tono burlón que parecía quemarla por dentro, sobre todo, cuando estaba tan cerca–. Si algo así hubiese pasado, no tendrías que comprobarlo.

Ella tragó saliva al sentirse más frágil de lo que le gustaría. Buscó su rabia y su furia, pero solo encontró el mismo pánico que sentía siempre con él, aunque más mitigado, o más resignado. Casi, como si no fuese pánico, sino algo completamente distinto.

–Entonces, no voy a tener la más mínima intimidad.

–Lo siento –replicó él no sintiéndolo en absoluto–. ¿Estabas cómoda en la bañera? Me he equivocado, pero parecía que tenías frío y, además, creo que estabas teniendo una pesadilla.

Se quedó helada. Nadie había estado cerca de ella durante una de sus pesadillas y no podía permitir que sucediera otra vez. ¿Qué pasaría si le dijera lo que había pasado y él supiera lo que había hecho? Se sentía enferma solo de pensarlo y no quería pensar en la contradicción que eso suponía.

–Nada de intimidad. Amenazas. Azotes como solución racional a los conflictos. Tengo que bailar para satisfacerte y hacer las tareas que me ordenas –lo miró fijamente–. Comprenderás que la bañera me pareciera más apetecible.

–Organizaste un estropicio, princesa –la miró con esos ojos oscuros e inflexibles que la estremecían por dentro, pero no podía engañarse, no era por miedo–. Estaba dispuesto a que lo recogieras y lo limpiaras.

–Supongo que lo dices en el sentido más amplio. ¿Voy a tener que pasar este matrimonio atroz pagando la penitencia por no haberlo aceptado antes? ¿Ese es el estropicio que organicé?

Él no dijo nada, pero eso no era bueno. Le daba tiempo a ella y no quería tiempo. El sol de la mañana lo bañaba como si fuese un amante radiante, iluminaba tanto su cuerpo perfecto que era insoportable. Ese era el problema, lo había sido siempre, no tenía defectos. Esa mañana solo llevaba unos calzoncillos largos y la verdad era que no tenía nada que ocultar. Era impresionante de los pies a la cabeza. Los músculos tensos y largos de los brazos, los pectorales lisos y los abdominales marcados, los muslos poderosos y pétreos. Le cubría un leve vello negro que se espesaba antes de desaparecer por debajo de la cinturilla del calzoncillo, decidió que no pensaba mirar el resto, sobre todo, esa parte de su cuerpo enorme, dispuesta, impaciente y contenida a duras penas.

–Has estado llorando –ella, por un instante, no entendió lo que quería decir, hasta que él le pasó un pulgar por debajo de un ojo y ella se apartó–. ¿Por qué?

–Se me ocurren mil motivos –contestó ella mientras parpadeaba desconcertada.

–Elige uno que sea verdad –le propuso él en ese tono serio que, perversamente, hacía que creyera que ella le importaba.

No soportaba que deseara que le importara y no podía decirle la verdad. Sus pesadillas eran asunto suyo y, además, ella no le importaba de verdad, independientemente de lo que captara en su voz. Él solo quería asegurarse de que no tuviera ningún sitio donde esconderse.

–Da igual lo que diga –ella se apartó más de él–. Ya has decidido que soy una mentirosa. Lo decidiste hace cien años, ¿por qué iba a molestarme en decir algo?

–También podrías intentar no mentir.

Él volvió a acercarse a ella y se apoyó en un codo, aunque no hacía falta que lo hubiese hecho para que ella pudiera admirar sus maravillosos músculos cubiertos por esa piel tan tersa justo delante de ella. Podría haberlo hecho sin esa intimidad espantosa, no deseada y que no había hecho nada por ella. Era como una opresión asfixiante en el pecho, como si estuviera abrazándola con toda su fuerza cuando lo peor de todo era que no tenía que hacerlo.

–Se me ha canjeado para salvar una empresa, como si solo fuese un paquete de acciones con cuerpo humano –dijo ella en vez de las muchas cosas que podría haber dicho–, una hoja de cálculo con piernas. Cualquiera derramaría unas lágrimas.

Sin embargo, los ojos de él solo dejaron escapar ese destello dorado y burlón que hacía que ella se estremeciera.

–Todo podría haber sido muy distinto –replicó él con indolencia–. Si te hubieses casado conmigo la primera vez que te lo pedí, te habría tratado como si fueses una filigrana de cristal, no unas acciones. Habría besado el suelo que pisabas. Habría puesto el mundo a tus pies para satisfacer cualquiera de tus caprichos.

Ella retrocedió hasta que apoyó la espalda en la pared porque, si intentaba bajarse de la cama, él la agarra-
ría para impedírselo, la tocaría y, entonces, ella no sabía
lo que haría. Se sentó encima de las piernas e intentó
mirarlo fijamente.

–Tenía dieciocho años –dijo ella precipitadamente
cuando quería parecer tan despreocupada como él–. Era
muy joven, no tenía por qué pensar en casarme y tú no
deberías habérmelo pedido. Me lo pediste solo porque
querías que te abriera las puertas con mi padre. No fin-
jas que tu corazón tenía algo que ver, Nicodemus. Primero fue tu cuenta corriente, y luego, cuando te rechacé
una y otra vez, tu orgullo, como sigue siéndolo.

Él tomó el dobladillo de su vestido entre los dedos
y ella contuvo el reproche que le salía de los labios.
¿Qué importaba que le tocara la ropa? Podría poner
esos diestros dedos en otros sitios mucho peores y ella
ya lo sabía muy bien.

–Es posible que solo quisiera casarme con una Whitaker, y todas las acciones y hojas del cálculo que eso im-
plica, pero, desgraciadamente, eres la única disponible.

–Según me han contado, tengo primas lejanas en
Aberystwyth. Estoy segura de que te habría gustado alguna –ella frunció el ceño cuando él se rio–. Además,
creo que no deberías intentar sacar mucho provecho de
la palabra «esposa».

Él sacudió la cabeza como si supiera muy bien a
dónde quería llegar ella.

–¿Te has golpeado la cabeza en la bañera? La boda
de ayer fue verdadera, muy legal, te lo aseguro.

–Es posible que eso haya sido una boda verdadera,
pero esto no es un matrimonio verdadero. En el mundo
de verdad, los matrimonios no conllevan amenazas ni
promesas de puestos ejecutivos en empresas como una
especie de dote. Vas a ser presidente y director ejecu-

tivo de Whitaker Industries, Nicodemus. «Esposa» y «esposo» son solo palabras.

Entonces, de repente, la agarró y dio la vuelta con ella hasta que la tuvo debajo. Estaba entre sus muslos y abrazado a ella, que solo podía contener la respiración. Creyó que estaba dándole un ataque al corazón, pero seguía latiéndole con fuerza y tardó unos instantes estremecedores en darse cuenta de que estaba viviéndolo y que eso podía matarla, que podría ser preferible que la matara porque sabía muy bien que él podía ver todo lo que estaba pasándole a ella en ese momento, todo lo que él estaba haciéndole.

–¿Te parece esto verdadero, Mattie? –le preguntó él con la voz ronca y los ojos clavados en su boca–. ¿Te parece suficientemente marital? Ni tu padre ni tu hermano están en la habitación. Solo estamos tú y yo y se te ha desbocado el corazón, puedo sentirlo.

–Es pánico –le espetó ella–, y un poco de repulsión.

Sin embargo, no intentó resistirse, no intentó quitarse ese cuerpo sólido y lustroso de encima, de esa posición como si ya estuviesen unidos. Además, sabía por algún motivo que, si lo hubiese intentado, él la habría soltado inmediatamente, pero no lo intentó.

La misma voz de siempre le gritó que no podía permitir que pasara eso, pero esa vez supo, por algo muy femenino y profundo que no había aparecido nunca, que era por motivos completamente distintos. No era un novio sobreexcitado al que tenía que aplacar y quitarse de encima, era Nicodemus y ni siquiera podía dejar de mirarlo a los ojos. Esa absoluta incapacidad de actuar decía cosas de ella que no quería saber, aparte de la oleada abrasadora que surgía desde ese punto derretido que tenía entre los muslos y que hacía que sintiera eso que ella prefería llamar miedo. Un miedo palpitante, incontenible y devorador que no era miedo ni nada parecido.

Él se limitó a mirarla implacablemente y sin moverse y ella no tuvo miedo de él, como sabía que debería tenerlo, porque fue ella quien acercó los labios a los de él, quien lo rogó con todas las partes del cuerpo menos la voz...

–Primero tienes que pedirlo –dijo él con los ojos como un fuego sombrío y la voz ronca como papel de lija–. En voz alta para que no haya malentendidos.

–¿Pedirlo?

Ella creyó no haber entendido lo que había dicho él y mucho menos lo que había repetido ella, como si nunca hubiese oído esa palabra. Solo podía ver esa boca severa, hermosa y descarada que tenía tan cerca.

–Preferiría que lo rogaras –contestó él en voz baja y anhelante, aunque inflexible–, pero, si lo pides con amabilidad, lo dejaré pasar por esta vez.

Entonces, durante un momento que le pareció interminable, ella no encontró ningún motivo para no hacer exactamente eso, ni un solo motivo. Abrió la boca, pero la realidad la deslumbró y le dio un motivo apremiante, y le daba igual si él lo veía todo en sus ojos. La intimidad con ese hombre implicaba que primero se perdería ella y luego lo perdería a él. Lo había sabido durante esos años, lo sabía como sabía que él la había deseado siempre. Era una verdad abrasadora, inapelable e irreversible.

–No voy a pedírtelo con amabilidad –aseguró ella, aunque le tembló la voz–. Y, desde luego, no voy a rogártelo. Es posible que ese sea tu concepto del matrimonio, pero no es el mío.

–Creía que no era un matrimonio de verdad –murmuró él en un tono sedoso y ardiente–. No hay necesidad de luchar por la igualdad en una farsa como esta, ¿no? Solo tienes que rendirte, Mattie. Te prometo que te gustará.

Ella lo creyó y por eso frunció el ceño más todavía.

—Nada de ruegos. A no ser que pienses ponerte de rodillas e intentarlo tú mismo.

—Espero que estés preparada para sufrir —replicó él con una mueca en los labios.

Su cuerpo grande, duro, impresionante y casi desnudo la presionó contra la cama, aunque se apoyaba en los brazos, uno a cada lado de ella, para no aplastarla.

—Porque es la única manera que tengo de tocarte otra vez —añadió él.

—Ya estás tocándome, lo noto aunque no quiera.

—Quedarte en lo trivial no va a acabar con el anhelo, Mattie.

Él lo afirmó como si supiera, como si viera cuánto lo anhelaba ella. Luego, se rio con esa risa victoriosa, pero, esa vez, ella la sintió de una forma distinta. Quizá fuese porque tenía su boca tan cerca. Se adueñó de ella como una oleada incontenible y no supo si quería llorar, gritar o entregarse completamente y rogar como él quería que hiciera. Cualquier cosa con tal de que la tocara sin tener que pedírselo y demostrar así que él tenía razón en lo que se refería a ella. Se detestó a sí misma por pensar eso.

—Suéltame —susurró ella con furia contra los dos.

Él se limitó a reírse exactamente de la misma manera.

—No sé por qué te empeñas en negarlo cuando es evidente que me deseas tanto como yo a ti. Sin embargo, da igual.

—¿Será porque has visto el error de tus métodos y estás liberándome de este seudomatrimonio? —preguntó ella con toda la arrogancia que le gustaría sentir.

Él le dio un pellizco justo debajo de la barbilla. Fue como un castigo y una seducción a la vez y ella no pudo evitar dar un respingo antes de estremecerse. Antes de demostrarle demasiado a él y de demostrarse a sí misma que era tan mentirosa como ya creía que era. La mentirosa que había sido una y otra vez. Mentía cada vez que él la tocaba.

–Busca otra estrategia, Mattie.

Él se levantó con una agilidad atlética y le dio una lección de fuerza, aunque ella no se la había pedido.

–El problema con esta es que me aburre.

–Dios me libre de aburrirte. Me has chantajeado, me has amenazado, me has obligado a casarme contigo de mala manera, pero todo eso no es nada en comparación con aburrirte. ¡Es un destino peor que la muerte!

–Te mueves muy cerca del precipicio una y otra vez –siguió él como si ella no hubiese hablado–. Empleas tu lengua viperina contra mí cuando te apetece, te escondes cuando te pago con la misma moneda y repites el esquema hasta el aburrimiento, y todo sin consecuencias, hasta el momento.

Él estaba de pie junto a la cama con la cara a contraluz, pero ella pudo ver el destello como la miel de su mirada, ese conocimiento sombrío. Lo sintió por todo el cuerpo y fue peor que su boca, más profundo y mucho más destructivo.

–¿Sin consecuencias? –preguntó ella mientras levantaba la mano con los anillos–. ¿Cómo llamas a esto?

–Puedo repetirlo otros diez años si tengo que hacerlo –él esbozó una sonrisa–, pero, aun así, ganaré. Depende solo de ti.

Él tenía razón, ella estaba equivocándose de cabo a rabo. Mattie llegó a esa conclusión mientras estaba en la espaciosa ducha con la cabeza hacia atrás dejando que le cayera el agua como si fuese lluvia. Había pasado todo ese tiempo tratando a Nicodemus como si fuese una fuerza invencible de la naturaleza, un ser poderoso entre mágico y mitológico, cuando, en realidad, solo era un hombre como los demás.

Si dejaba a un lado el corazón desbocado, si dejaba a un lado todo lo que él hacía que sintiera contra su voluntad y el miedo verdadero a abrirse por culpa de él, sabía que ella había estado haciéndolo muy mal desde el principio. Él la había deslumbrado cuando ella tenía dieciocho años y se había olvidado de algo muy elemental que ya sabía entonces: los hombres eran muy fáciles. Los hombres tenían necesidades e impulsos sencillos que se podían sortear, dirigir y utilizar. En realidad, eso servía para padres, hermanos o novios, aunque las actitudes fuesen distintas. Lo había aprendido hacía mucho con el hostigamiento de las cámaras, que, normalmente, manejaban hombres. Ninguno era inmune a un poco de encanto femenino bien empleado. Era fácil salir de los problemas, eludirlos, hacer un juego de manos con el coqueteo o el halago. Era fácil cambiar de conversación, cuando no quería decir algo, y pasar a otras cosas sobre las que no le importaba ceder.

No había sido capaz de hacer gran cosa sobre su remordimiento, pero un poco de encanto le había servido de mucho con el gran Bart, sobre todo, porque quería volver a Estados Unidos, bajo su tutela. Si había podido engatusar a su padre, a quien había hecho un daño espantoso hacía veinte años, sabía que podía engatusar a cualquiera. Si quería recuperar el terreno que había perdido en esos cuatro días, tenía que tratar a Nicodemus como a cualquier otro hombre de los que había conocido, como a un mortal manipulable.

Empezó a vestirse para él e intentó acordarse de todo lo que le había dicho sobre su aspecto, casi todo negativo y dicho en ese tono devastador que tenía. Se puso un delicado jersey de cachemira de color marrón, lo suficientemente amplio para el sol y cálido para el fresco del otoño. También se puso unos pantalones blancos y se dejó los pies descalzos como un toque de vulnerabilidad femenina. Se recogió el pelo en un moño algo descuidado y se sintió mucho más como la mujer que Nicodemus siempre había pensado que tenía que ser, el tipo de mujer que habría podido ser de forma natural si no se hubiese sentido obligada a vestirse en tonos oscuros y sombríos, y con ropa que a él le parecía poco elegante, para transmitir su rebeldía cada vez que lo veía. Levantó la cabeza y se recordó todas las veces que había hecho algo parecido para aplacar a alguno de sus novios que se había puesto exigente e iba a encontrarse con él.

Solo era un hombre, se recordó otra vez mientras recorría la villa. Daba igual lo que hacía que sintiera. Daba igual que consiguiera que casi se olvidara de sí misma cada vez que la tocaba. Daba igual que le hubiese arrebatado una parte de sí misma que nadie había tenido jamás. Todo eso daba igual, tenía que igualar el terreno de juego o desaparecería.

Él estaba sentado con el ordenador portátil sobre la encimera de la inmensa y luminosa cocina del piso inferior y con un humeante café griego junto al codo. Vaciló antes de entrar. Daba por supuesto que él la había oído acercarse, siempre lo había hecho, aunque no la había mirado. Por un instante, se olvidó de su estrategia, se olvidó de lo que él era o dejaba de ser, de lo que ella podía hacer o dejar de hacer, porque él estaba mirando al infinito con una expresión espontánea e impropia de Nicodemus, no era implacable ni inflexible, no tenía nada de mítica ni de mágica. No podía clasificarla, no la reconocía. Solo sabía que le atenazaba la garganta.

Sin embargo, desapareció como si no hubiese existido nunca y volvió ese acero sombrío que ella identificaba con Nicodemus. Se movió un poco en el taburete y miró la pantalla con el ceño fruncido.

–¿Tan pronto ha terminado el luto? –ella se preguntó cuándo la habría visto si no se había molestado en mirarla–. Esperaba verte cubierta con mortajas y velos hasta dentro de una semana.

–Supongo que me lo merezco –concedió ella en un tono delicado.

Él la miró inmediatamente con los ojos entrecerrados. Solo era un hombre, se recordó a sí misma. No podía ver dentro de ella si ella no se lo permitía. No tenía la más mínima idea de cuál era su sueño, y no lo sabría nunca si distraía su atención. Entró en la cocina como si no hubiese visto que tenía el ceño ligeramente fruncido y se sentó a su lado con mucha cautela. No enfrente, como habría hecho antes, sino en el taburete que tenía justo al lado, como habría hecho si él fuese otra persona. Le costó mantener el sosiego. Era grande e implacable y, estando tan cerca, notaba ese poder sombrío, toda su crudeza despiadada, como si fuese un zumbido eléctrico debajo de la piel.

–Aun así –siguió ella con la misma delicadeza cuando estuvo sentada–, pensé que agradecerías que haya intentado vestirme más acorde a tu gusto.

Él la miró con esos ojos oscuros e intensos y ella se sintió muy pequeña y vulnerable. Lo mostró en vez de disimularlo. A los hombres les gustaban las cosas pequeñas e indefensas, les gustaba sentirse grandes y poderosos. Había visto esa escena cientos de veces. Él era como todos los demás, se dijo a sí misma como si fuese a serlo por decírselo.

–¿Debo suponer que tengo que aplaudir que te hayas puesto algo atractivo en vez de mostrar tus encantos a cualquiera o de taparte con el equivalente en tela a un capullo de seda? –preguntó él en tono aterciopelado–.

Es todo un honor, desde luego.

A Mattie le dolió de verdad tener que tragarse la réplica hiriente que tenía en la punta de la lengua, pero lo consiguió. Los hombres eran todo orgullo y rabia, y todos se rebajaban por el deseo. Nicodemus no era distinto, aunque sus pullas le llegaran más adentro que las de nadie.

—Nicodemus, quizá pudiéramos acabar con todo esto, quizá pudiéramos... hablar.

—Hablar —él sacudió la cabeza como si estuviese asombrado y cerró el ordenador portátil con furia contenida—. Quieres hablar después de todos estos años.

Ella se encogió de hombros y dejó que el jersey le dejara uno de los hombros al descubierto.

—Quiero volver a empezar.

Él le recorrió el hombro con la mirada antes de mirar al techo dejando escapar un sonido a medio camino entre la exasperación y la risa. Se cruzó los brazos sobre el pecho, cubierto por una camisa aunque con demasiados botones desabrochados, y clavó en ella ese destello de color miel que solo presagiaba problemas.

—A ver si lo adivino. Crees que puedes engatusarme para que baje la guardia porque tus artimañas de siempre no están dando resultado —él suspiró—. Como yo solo he visto tu encanto desde lejos, y siempre dirigido hacia otros, ¿quién sabe? Podría ser un plan excelente.

Ella se ordenó a sí misma que tenía que respirar, que tenía que pensar antes de hablar, que tenía que conservar la calma porque había pasado diez años sin poder dominarse delante de ese hombre y ¿qué había conseguido? Estar casada contra su voluntad y estar atrapada en una isla dejada de la mano de Dios. Tenía que adaptarse o morir.

—Quiero llegar a conocerte —replicó ella casi sonriendo.

—¿Para qué?

Ella se dio la vuelta y extendió las manos hasta casi tocarlo en un gesto de súplica, o de algo parecido a la rendición.

–Porque, como has dicho muchas veces, estamos solos aquí, Nicodemus. Tú ya me conoces y creo que ya es hora de que deje de resistirme y de que haga lo mismo por ti.

Él se movió en el taburete y se quedó mirándola más de pie que sentado. Era muy alto, moreno y hermoso, y ella tenía que hacer eso, tenía que emplear la única arma que tenía o la abriría por la mitad, rebuscaría en sus rincones más recónditos y vería todo. Tenía que llevarlos a un terreno neutral o se perdería para siempre y no podía arriesgarse a que él descubriera la verdad.

–¿Qué quieres, Mattie? –preguntó él con delicadeza.

Lo quería a él en una bandeja de plata, pero no lo dijo. Ya lo conseguiría, también lo hundiría. Estaba segura de que esa química era recíproca. Tomó aire entrecortadamente, no tuvo que fingirlo, y apoyó las manos en sus muslos duros como rocas. Superficialmente, pareció que él no se movió lo más mínimo, pero ella notó que se ponía tenso. Era tan duro, tan perfecto en todos los sentidos, que se sintió como si estuviese bebida.

–Te lo preguntaré otra vez –insistió él en un tono implacable, ardiente y letal–. ¿Qué quieres?

Ella se bajó del taburete, subió las manos hasta la cinturilla de sus pantalones y notó que se quedaba petrificado.

–Si de verdad te has dado un golpe en la cabeza, deberías decírmelo ahora –comentó él con una ironía que podría ser la perdición de ella, porque si se reía complicaría mucho todo eso, lo haría mucho más real–, antes de que dé por supuesto lo peor y haga que te traten de una conmoción.

Entonces, ella se dio cuenta de que tenía mucho más

poder del que se había imaginado y no comprendió por qué no lo había visto antes. Él estaba tan inestable como ella, quizá lo hubiese estado siempre y ella no se había dado cuenta nunca, nunca se había permitido verlo. Quizá pudiese utilizarlo, se dijo a sí misma sin hacer caso del vacío que sintió de repente en el pecho.

No dijo nada, se acercó más y bajó las manos hasta tomarle toda su extensión por encima de la tela del pantalón. Él no gruñó ni la apartó, pero estaba ardiendo y soltó el aire como si le doliera.

–Mattie, ¿puede saberse qué estás haciendo?

Él lo preguntó en un tono tajante y la agarró de los brazos, pero no la apartó. Ella percibió toda la tensión de su cuerpo en ese contacto, inclinó la cabeza hacia atrás mirándolo entre las pestañas y acarició toda la extensión de su miembro mientras él se estremecía muy levemente y la miraba con el ceño fruncido.

–No lo sé –contestó ella.

Claro que lo sabía. Nunca había sentido algo parecido. Cada vez que lo acariciaba sentía el mismo estremecimiento que él intentaba disimular. Se sentía derretida y desenfrenada y todavía no había empezado casi. Le pareció que él estaba llegando al límite y no sabía qué pasaría si lo alcanzaba. Le bajó la cremallera del pantalón, introdujo la mano y por fin lo rodeó con los dedos. Era acero aterciopelado, ardiente y sedoso, tan poderosamente viril que le costaba respirar. No supo quién temblaba más, si él o ella. Era tan aterrador como apasionante y no quiso analizarlo. Él tenía los ojos tan oscuros como la noche más cerrada y farfullaba algo en griego, podían ser maldiciones y oraciones a juzgar por la expresión de su rostro.

–Mattie... –susurró él como si su nombre fuese la mayor de las maldiciones.

Ella se arrodilló sin dejar de mirarlo ni soltarlo. Todo

él era enorme y ardiente, más impresionante de lo que debería ser posible, y se olvidó de que todo eso debería ser un arma, su arma. Se olvidó de que era una artimaña y de por qué estaba empleándola. Deseaba tanto paladearlo que pensó que haría cualquier cosa, que diría lo que fuese necesario...

–¿Qué es esto? –preguntó él con más acento griego que nunca y la voz ronca.

Sin embargo, no la apartó. Su pecho subía y bajaba muy deprisa y ella, al verlo, se sintió tan ávida, casi tan derretida, como él hizo que se sintiera con su lengua.

–Una disculpa –contestó ella en un susurro.

No era lo que quería haber dicho y era más verdad de lo que le habría gustado. Por eso, antes de que pudiera delatarse más, se inclinó un poco y se lo introdujo en la boca.

# Capítulo 6

ESTABA muriéndose, o soñando. Sin embargo, había soñado eso más de cien veces y nunca había sido tan maravilloso, jamás. La boca de Mattie era muy cálida y su lengua era muy delicada y descarada a la vez mientras se deleitaba con él. Lo lamía en círculos antes de introducírselo entero en la boca. Se movía mientras estaba arrodillada delante de él, se balanceaba ligeramente como si estuviese bailando para él por fin, era la culminación de mil fantasías y mucho mejor que todas ellas. Se moría una y otra vez y ella no cesaba. No era tonto y sabía que ese giro radical tan repentino no tenía sentido, y menos en Mattie, pero tampoco podía preocuparse por eso, tendría que haber sido un hombre mucho mejor para hacer algo al respecto.

Introdujo los dedos entre su pelo mientras lo atormentaba, mientras lo veneraba, y dejó que avivara el fuego que lo abrasaba por dentro, dejó que dispusiera de él como quisiera. Era suya, pensaba con cada caricia de su desvergonzada lengua, por fin era suya.

Cuando explotó en mil pedazos, gritó de placer con unas palabras que sabía que ella no podía entender. Cuando abrió los ojos, ella seguía de rodillas delante de él con esos maravillosos ojos muy abiertos y clavados en él. Era como otro millón de sueños hechos añicos por una realidad mucho mejor. Sus carnosos labios estaban un poco inflamados y el rubor de sus mejillas le indicaba que estaba tan alterada como él. Por un instante, la miró fijamente, miró a la mujer que lo había obsesionado durante tanto tiempo, a esa mujer que seguía sin entender en absoluto.

Entonces, se apartó y se subió la cremallera, aunque ese fuego todavía lo devoraba por dentro. Quería levantarla, tumbarla sobre la encimera y volver a lamer su humedad ardiente como la lava, quería entrar ahí hasta que los dos estuviesen destrozados como el cristal que ella había estrellado contra el suelo. La quería entera, allí y en ese momento.

Sin embargo, había esperado mucho tiempo y no podía creerse esa capitulación repentina. Le acarició una mejilla con algo parecido al cariño, pero había muchas mentiras entre ellos. Siempre las malditas mentiras.

—Creo que me gustas de rodillas, princesa. Será una exigencia diaria.

Ella entrecerró los ojos y él notó que eso no le había gustado, pero tampoco replicó nada hiriente, como él podía ver que le habría gustado hacer. Se quedó pasiva y conformista, no como la Mattie que él conocía. Aunque él no se quejaba en ese momento, cuando todavía le costaba respirar.

—¿No te... ha gustado? —preguntó ella con una preocupación entrecortada.

Sin embargo, él captó el brillo taimado de sus ojos y eso le ayudó a volver a la realidad.

—No escuchas —comentó él con frialdad—. Ya te he dicho que me da igual cómo te consigo, no soy tan orgulloso. Si quieres arrodillarte delante de mí y fingir que es una disculpa en vez de una manipulación, no voy a impedírtelo —se encogió de hombros—. No te lo he impedido.

A él le impresionó que ella se mantuviera tan quieta.

—No sé qué quieres decir.

—Este giro de ciento ochenta grados sería sospechoso

en cualquiera, pero más en ti —ella empezó a moverse y él sacudió la cabeza—. Quédate donde estás.

—¿Para que puedas dar rienda suelta a tus fantasías de dominación? —ella puso los ojos en blanco—. No, gracias.

—Esto no es una fantasía —él sonrió porque disfrutaba con la furia que veía en los ojos de ella, era la verdadera Mattie—. Es un hecho.

Se quedó fascinado por todas las emociones que se reflejaron en el rostro de ella, pero no pudo descifrar ninguna. Al final, ella dejó caer los hombros y liberó toda la tensión con un suspiro que hizo que le mirara la boca, una boca que podría esclavizarlo. Entonces, ella le sonrió como había hecho antes y apareció ese delicioso hoyuelo que tenía junto a la boca, como si toda ella fuese dulce y resplandeciente. Naturalmente, él no lo creyó, pero sí le reavivó ese fuego que le atenazaba las entrañas como si ella nunca lo hubiese satisfecho con la boca.

—Lo siento —murmuró ella—. Haces que me sienta... —sacudió la cabeza como si no supiera expresarlo—. No sé cómo reaccionar.

—Puede que sea lo más sincero que me has dicho —él le apartó de la cara todo el pelo que se le había soltado del moño—, pero dudo mucho que lo digas por eso.

—Muy bien —ella se sentó en los talones como si estuviese haciendo un ejercicio de yoga—. Según me repites una y otra vez, tú eres quien me conoce mejor que nadie. ¿Qué motivos ocultos y atroces tengo para haber hecho lo que acabo de hacer? Es posible que puedas explicarme por qué me hiciste exactamente lo mismo en el avión. ¿Tus motivos son los mismos o decidirás, como siempre, que yo soy falaz y que solo me muevo con engaños y por conspiraciones mientras que tú, y solo tú, actúas con nobleza y por intenciones puras? —esbozó una sonrisa desafiante.

—Yo sería menos sarcástico si estuviese de rodillas —comentó él.

Ella sonrió más todavía y sus ojos semejaron chocolate amargo con destellos azules, pero parecían resplandecer junto al pelo negro como la noche. Él supo que eso podía seguir para siempre, que seguiría, y sintió una tristeza inexpresable. Llevaban diez años despedazándose el uno al otro, subiendo las apuestas en ese juego por el poder, y no se veía el final. Él había impuesto ese matrimonio y ella no lo había tocado voluntariamente hasta ese día, aunque entendía, y detestaba entenderlo, que no lo había hecho porque el anhelo de hacerlo la hubiese dominado. Le había dicho que le daba igual cómo o por qué la conseguía y, en cierto sentido, era verdad. Sin embargo, también era verdad que sentía un desasosiego y un vacío por dentro que no quería reconocer que estaban allí. Por fin, todo era exactamente como quería que fuese, todo estaba donde tenía que estar, tenía todo lo que había deseado siempre, pero no era nada más que un sitio cavernoso donde retumbaban... cosas. Tenía el mundo en el bolsillo y a la mujer de sus sueños a sus pies con sus anillos en el dedo y, sin embargo, seguía tan completamente solo como cuando se dio cuenta de quién era Arista hacía tantos años, de lo que quería de un hombre de clase baja con aspiraciones de medrar y que había ganado demasiado dinero demasiado deprisa. ¿Qué diferencia había con todo eso?

Entonces, se dio cuenta de la profundidad de la fantasía que había construido alrededor de Mattie Whitaker, de las cosas que se había imaginado que ella podía hacer, de la magia que podía obrar. ¿Por qué? Porque ella era lo más hermoso que había visto cuando él tenía veintiséis años y no se parecía nada al sitio horroroso de donde él había salido; porque, como le había reprochado ella, había querido llegar a su padre y a Whitaker

Industries; porque la había deseado y se había convencido a sí mismo de que ya había aprendido la lección de Arista, que nunca repetiría los mismos errores. Él era, como había sido siempre, el rey de los malditos, una mentira que había dicho su padre y nada más. Lo peor de todo era que no cambiaría nada de lo que había hecho para llegar allí, ni siquiera eso. Sobre todo, eso.

—¿Vamos a quedarnos mirándonos para siempre o es que no tienes una respuesta? —preguntó Mattie con despreocupación, pero con una mirada intensa.

—Tengo una respuesta.

A él le pareció que lo había dicho en un tono muy sombrío, pero ella pareció no notar ninguna diferencia, aunque ¿por qué iba a haberla notado si no lo conocía? Nadie lo había conocido jamás y nadie lo conocería. La que menos, esa mujer a la que había convertido en su esposa, una palabra que, para ella, no tenía ningún sentido. Por fin, la creyó.

—Dudo que vaya a gustarte —añadió él.

Apartó la mano de su mejilla y, cuando ella se levantó casi de un salto, él no se lo impidió. Ella tomó la taza de café de él, revolvió el líquido espeso y dio un sorbo.

—Esto se trata de tener el control, ¿verdad? —preguntó ella, aunque no era una pregunta—. Estás obsesionado con asegurarte de que yo no lo tenga.

—No —contestó él.

Quería ser la taza de café que ella tenía en los labios, quería que ella lo deseara y no porque creía que podía igualar las cosas. Quizá eso fuese lo que había querido siempre. ¡Qué necio! Era Arista otra vez y él ya no tenía veinte años, no tenía excusa esa vez.

—Se trata de mentiras —añadió Nicodemus—. Siempre se ha tratado de eso y me temo que has calculado mal.

Ella arqueó las cejas, pero no dijo nada, ni siquiera cuando él le pasó un dedo por la mandíbula, por el pequeño hoyuelo que le volvía loco de anhelo, por el elegante cuello que había heredado de su aristocrática madre británica, por la clavícula que lo llevó hasta el hombro destapado. Tenía una piel muy suave y cálida. Era tan preciosa, deslumbrante y encantadora en su casa como en casa de su padre, y no era nada más que lo que él había hecho de ella dentro de su cabeza. Una desconocida con un rostro perfecto, otro error clave de los muchos que había cometido, otra maldita mentira, pero esa era mucho peor porque se la había dicho a sí mismo durante años.

–He sabido desde hace mucho tiempo que todo lo que decías era mentira –siguió él sin exagerar el tono dolido de su voz–. Sin embargo, creía a tu cuerpo. Me convencí de que susurraba la verdad independientemente de lo que tú dijeses.

Los periódicos más sensacionalistas decían que Mattie lo había obnubilado para que se casara con ella, que era una sirena que lo había trastornado con sus perversos encantos, que era el instrumento que había empleado su hermano para subyugarlo. La observó en ese momento y deseó que todo eso tuviera algo de verdad, que él pudiera engañarse un poco más.

–Mi cuerpo y yo no somos entes separados –replicó ella con una firmeza que no se parecía nada a esa voz delicada que había estado empleando.

Sin embargo, al menos era verdadera, al menos era ella.

–Ahora lo sé.

Él bajó la mano y se alejó como debería haber hecho cuando ella acudió a él, como debería haber hecho hacía diez años, cuando se sintió atraído por otra heredera hermosa que solo lo miraría por encima del hombro.

–Mattie, eso significa que no puedo creerme nada de ti y te prometo que, de ahora en adelante, no me lo creeré.

Eso no debería haberle dolido si tenía en cuenta que la representación de esa escena había sido muy premeditada, y tampoco debería haberle afectado a él como si fuese a aplastarlo, pero la expresión de desolación del rostro de ella era inconfundible.

–Yo no habría... –ella se detuvo y a él le pareció que se había sorprendido a sí misma al hablar–. Si no hubiese querido...

Ella no acabó. Su expresión era de resignación y desdicha a partes iguales. Lo que él había llamado anhelo antes, cuando todavía se aferraba a esas fantasías, cuando todavía creía que eso era una partida que podía ganar, que ella lo era.

–Nada ha cambiado –afirmó él–. Por fin veo esto como lo que es.

–¿Un estropicio? –preguntó ella con amargura.

–Otra mentira –contestó él–, pero es nuestra mentira, Mattie, y ya no hay escapatoria.

Supo que tenía que dejarla en la cocina antes de que también fuera un mentiroso, antes de que se olvidara de lo que estaba haciendo y se dejara llevar por ella, por ese maravilloso engaño que le había ofrecido de rodillas y con una sonrisa, ese maravilloso engaño que quería creerse más que respirar. No supo cómo consiguió marcharse, pero lo consiguió.

–Si hubiese sabido que pensabas trabajar durante nuestra luna de miel, me habría traído mi trabajo –comentó ella en un tono muy aburrido.

Levantó la vista de la tableta que mostraba las fotos de su boda en toda la prensa sensacionalista y miró con rabia el perfil de Nicodemus, como si él tuviese la culpa de que ella pareciera radiante y enamorada en cada una de las fotos. Él tenía el ordenador portátil abierto sobre la mesa de cristal que había entre ellos y el móvil en la mano, y no se molestó en mirarla. Ella pensó que parecía que llevaban muchos años infelizmente casados.

–¿Tu trabajo? –preguntó él con una absoluta cortesía–. No sabía que supieras lo que significaba esa palabra.

Ese era el problema. Él se había limitado a ser cortés desde hacía casi una semana, desde aquella escena en la cocina. Escrupulosamente cortés e inequívocamente distante. En ese momento se daba cuenta de que el destello de color miel había desaparecido de sus ojos oscuros. Nicodemus insistía en que lo acompañara, en que durmiera en la misma cama que él y en que comiera con él. Todavía intentaba aplacarla como si fuese una vaca indisciplinada, pero había desaparecido el Nicodemus que había llegado a conocer, aunque no se hubiese dado cuenta, y del que dependía hasta cierto punto. No lo soportaba.

–Sabes perfectamente que trabajo de relaciones públicas. Se me ocurren tres veces por lo menos que lo has mencionado durante los últimos cinco años.

Ella estaba acurrucada en el sofá del salón mientras él estaba sentado en una butaca y tecleaba. No la miró ni para comentar que ninguna de sus referencias a su profesión había sido positiva.

–No trabajas de relaciones públicas –dijo él cuando se dignó a contestarle y no esbozó una sonrisa como habría hecho antes–. Te pagan para que asistas a fiestas llenas de paparazzi. Te pagan más si llevas a tus amigos igual de ricos, aburridos y famosos. Tu entusiasta presencia eleva la categoría de actos ya de por sí ensalzados. ¿Eso es relaciones públicas o una versión algo más aceptable de la prostitución?

–La prensa sensacionalista asegura que me has raptado y te has casado conmigo sin el permiso de Chase

porque sois rivales que lucháis por la empresa como pe-
rros asilvestrados –ella lo miró–, que yo soy el hueso
en esa situación.

El Nicodemus de antes habría sonreído con desdén,
ese ni se molestó y ella no soportaba que lo sintiera
como un ácido que la corroía por dentro y que solo le
dejaba un vacío.

–También asegura que estabas enamorada de mí
desde hace años –él siguió tecleando sin dirigirle una
mirada mientras hablaba–. Que tu padre se oponía a
nuestra relación y que no habíamos podido estar juntos
hasta ahora, como unos Romeo y Julieta del mundo empresarial, o que, en realidad, eres la que has tramado
todo esto para que Chase se deshiciera de los acreedores
de tu padre. No sé qué versión es más cómica.

*¿Lo Ha Fingido Todo Mattie?*, se preguntaba el titular
de un artículo en el que se insinuaba que era una especie
de Mata Hari de las empresas que iba de un hombre rico
al siguiente mientras se ocultaba tras la apariencia de una
insulsa carne de cañón de la prensa sensacionalista. A ella
le parecía que ese podía ser el más insultante de todos.

–Creía que los testigos de nuestra boda eran unos
empleados domésticos con la cámara de un móvil –comentó ella cambiando un poco de conversación–. Ima-
gínate mi sorpresa al descubrir que uno era un fotógrafo
tan bueno que consiguió que ese trámite absurdo pareciera un momento romántico.

–Eres mejor actriz de lo que habría podido imagi-
narme –replicó Nicodemus, quien la miró por fin, aunque ella solo vio impaciencia en su hermoso rostro–.
Aunque, claro, ¿por qué no ibas a serlo? No es que sepas gran cosa de la realidad.

–Como tú, quieres decir –ella extendió las manos
abarcando la villa y las impresionantes vistas–. Esto es
la realidad, naturalmente.

–La diferencia es que yo me he ganado todo esto –sonó el móvil de él, quien frunció el ceño, pero no contestó. A ella le espantó que ese gesto le pareciera que significaba algo–. Yo lo construí. Partí de cero, te lo aseguro. Todavía recuerdo cuando mi único motivo para vivir era el sueño de que todo sería mejor algún día. Creo que no puedes decir lo mismo.

–Todo el mundo ha tenido que luchar, Nicodemus, hasta alguien que te parece tan inútil como yo –se defendió ella.

Le aterró lo que había oído en su propia voz. El desgarro, la oscuridad delatora, los recuerdos que lo acompañaban y el remordimiento, siempre el remordimiento. Él la miró de una forma distinta a como la había mirado todos esos años. Ella no entendió por qué sintió ese pánico, esa opresión en el pecho que le atenazaba la garganta. No entendía nada de eso, solo sabía que había empleado su mejor arma y había ganado, pero que también había perdido algo, algo que no sabía que iba a echar de menos. Entonces, de repente, tuvo miedo de oír lo que él pudiera decir.

–¿Entra en tus planes que yo siga trabajando? –preguntó ella como si todo eso no le afectara–. Cuando volvamos a Nueva York, claro. ¿Tu dignidad varonil exige que me convierta en un ama de casa o algo así? Para tu información, leí un artículo que decía que me habías raptado e hipnotizado para obligarme a actuar contra mi hermano. Podría parecer raro que no apareciera por la oficina.

–No creo que sepas nada de lo que yo esperaría de un ama de casa –contestó él con un ligero tono burlón que hizo que a Mattie se le acelerara el corazón–. ¿Sabes cocinar o planchar? ¿Sabes hacer algo de lo que se te pida?

–Naturalmente, un hombre de tu posición tendrá un ama de llaves.

–Sí, y me obedece. Es una joya que no tiene precio.

–Entonces, ¿tengo que colgarme de tu brazo y limi-
tarme a ser decorativa? Parece fantástico y muy estimu-
lante intelectualmente. ¿Qué dirá la prensa sensacionalista? ¿Qué historias nuevas se inventarán? ¿Que me
has traído a Grecia para sorberme el seso?

Él le acarició la cara y por un instante, solo un instante, pareció cansado, incluso triste. Le recordó aquel
momento en que ella se encontró de improviso en la cocina y, como entonces, no supo qué hacer con su propia
reacción, que era desproporcionada y desconocida para
ella. Si pudiera, si fuese otra persona, intentaría sere-
narlo con las manos. Se las miró con el ceño fruncido.
Agarraban la tableta con tantos periodicuchos y llevaban esos anillos llamativos que le había puesto él, como
si la traicionaran.

–Puedes hacer lo que quieras, Mattie.

Ella detestó todo aquello; que se sintiera atrapada
por esa relación nueva y mucho más estrecha que había
entre ellos, que se sintiera dolida por él y porque echaba
de menos ese destello de sus ojos. No se atrevió a pre-
guntarse qué quería decir.

–¿Y si quiero abandonarte? –preguntó ella porque
no podía detenerse.

–Lo que quieras menos eso –contestó él en tono severo y, cuando el móvil volvió a sonar, lo agarró de la
mesa sin dejar de mirarla–. Ya he dejado claro que vamos a padecer esto juntos.

Entonces, él volvió a concentrarse en el trabajo y ella
supo que no podía reprocharle a nadie esa sensación
sombría y opresiva que sentía en el pecho, solo a sí
misma.

Esa noche trabajaron juntos en la cocina y prepara-
ron una de esas comidas sencillas que habían tomado
allí. Una ensalada, pan de pita casero y calentado en el

horno, un plato con queso feta y aceitunas y cordero que había preparado Nicodemus en un abrir y cerrar de ojos a la parrilla. Lo sirvieron en unos platos y ella los llevó a la mesa de la terraza. Cuando se sentaron uno enfrente del otro, ella pensó que habían conseguido un ritmo propio durante esos días, que eso era lo que hacían las parejas casadas, que podían estar a la luz de las velas sin necesidad de hablar, que, pese a todo lo que había hecho ella para evitarlo, era la situación más íntima en la que había estado con una persona que no era de su familia. Fue como un golpe en la cabeza y, aturdida, se quedó mirando a Nicodemus. Se dio cuenta de que él estaba haciendo todo aquello precisamente por eso. Aunque estuviera enfadado con ella, creaba lazos entre ellos que no tenían nada que ver con el juego que habían jugado durante una década ni con la tensión sexual que los abrasaba incluso en ese momento. Estaba convirtiéndolo, convirtiéndose, en una costumbre. Eso era exactamente lo que ella no quería ni podía permitir.

—¿Y ahora? —preguntó él mirándola con indolencia mientras masticaba un trozo de pan de pita.

—Creo que ya es hora de que me expliques lo que pasó el otro día en la cocina. La mayoría de los hombres se sentirían extasiados de placer si les hacen una felación sin pedirla.

¿Vio que un músculo se tensaba en su mandíbula o quiso verlo porque indicaría que todavía lo alteraba? ¿Cómo podía saber tan poco de lo que había hecho ella misma?

—Yo no soy la mayoría de los hombres.

—Evidentemente —ella se sentó con rigidez y se dio cuenta de que se había quedado sin hambre—. Has estado castigándome desde entonces.

—No seas melodramática —replicó él sin dejar de comer—. Se puede castigar de muchas maneras, pero creo que disfrutar de unos días en una isla preciosa sin nada que hacer no es una de ellas.

–Depende de la compañía.

–Efectivamente, Mattie –la miró con unos ojos tan ardientes que la dejó sin respiración–. Ya he pasado por todo esto. La chica guapa, las mentiras constantes. Ya sé cómo termina.

A Mattie no le gustaba esa llamarada que se adueñaba de ella porque sabía lo que era y nunca se había sentido celosa de nada. ¡Maldito fuera!

–¿Estás intentando decirme que no estoy a la altura de tu ex? Dicen que las comparaciones te privan de la alegría, Nicodemus. Es posible que por eso seas tan gruñón.

–Los insultos, las pullas y la malicia ya no me hacen gracia, Mattie.

–¿Por qué? Creía que ya sabías cómo acaba.

–Lo que a mí me parecía un juego que jugábamos los dos era algo completamente distinto para ti –contestó él en un tono sereno y amenazante–. Yo no mentía, tú sí.

–¿Y si no estuviese mintiendo?

Ella no había querido decir eso, ni siquiera sabía de dónde había salido.

–Siempre hay consecuencias. En este caso, no me creo nada de lo que dices. Quisiste manipularme y estabas dispuesta a hacer lo que fuese para conseguirlo.

–Quién fue a hablar –consiguió replicar ella–. ¿De quién crees que he aprendido a utilizar el sexo como un arma?

–Eres una mentirosa –él lo dijo entre maravillado y desesperado y ese tono, que ella no le había oído jamás, la desgarró–. Me mientes a la cara sobre cosas que sé que no son verdad. Yo estaba allí. Yo nunca he utilizado el sexo. He reconocido la atracción que sentía y, alguna vez, he actuado en consecuencia. Es distinto.

–¡Porque tú lo digas! ¡Eso no hace que sea verdad!

–He soñado durante años que te recorría el cuerpo con la boca –gruñó él–. No te pedí que te desnudaras, Mattie, lo hiciste tú sola.

–Y, naturalmente, te aprovechaste encantado de la vida.

–No voy a discutir sobre eso –dijo él con una impaciencia gélida, como un consejero delegado y no como un posible marido afectivo–. Los dos sabemos que no te chupas el dedo y que yo no era quien estaba empleando artimañas.

–Nicodemus...

–Come –le ordenó él mientras pinchaba un trozo de cordero con violencia.

–Esto es una farsa. Es como un juego virtual. Podríamos ser una de las historias que cuentan de nosotros en la prensa sensacionalista. ¿Acaso esto te parece mejor?

–Esto es un matrimonio –contestó él con una rabia que a ella le alegró porque, al menos, había despertado algo en él–. Nuestro matrimonio. Deberías considerarte afortunada por que haya decidido que sea tan civilizado.

Nicodemus se despertó alterado y no tuvo que palpar la cama para saber que Mattie no estaba, pero la tocó y se dio cuenta de que estaba fría, de que se había marchado otra vez, como siempre. Se levantó. La luna, casi llena, rielaba en el mar oscuro y él estaba furioso. Ni siquiera se preguntó por qué. Esa mujer era como una china en su zapato. Mejor dicho, como un puñal en el costado y no sabía cómo podía mantener el dominio de sí mismo. Si a ella no le molestase tanto que estuviera frío y distante, ya habría roto con ella. Quizá él empleara tantas artimañas como ella, pero esa, ese ritual nocturno de ella, estaba a punto de volverlo loco. Todas las noches dejaba la cama. Todas las noches se despertaba y había desaparecido o se acostaba tarde, después de algunas fastidiosas conferencias, y comprobaba que ella no estaba allí. Todas las noches acababa encontrándola dormida en algún lugar de la casa y la llevaba a la cama otra vez. Algunas veces farfullaba y se movía como si tuviese una pesadilla. Eso pasaba todas y cada una de las noches, pero nunca lo habían hablado.

Él daba por supuesto que era un intento desesperado de rebelarse y, en cierto sentido, admiraba su constancia. Esa noche, sin embargo, no sintió esa admiración porque no podía encontrarla en ninguno de los sitios habituales. Recorrió todas las habitaciones de la villa y, cuando llegó al gimnasio y la piscina cubierta, se dio cuenta de que ella había ido más lejos y se había marchado del edificio. Creyó sinceramente que podía acabar matándolo unos de esos días.

Salió a la fría noche de octubre y caminó por el patio con suelo de piedra que rodeaba la piscina exterior. Notó la proximidad del invierno en los pies descalzos y se sentía como un hombre de las cavernas cuando abrió la puerta de la caseta de la piscina y la encontró allí. Estaba hecha un ovillo en una tumbona y, por un momento, creyó que estaba despierta y hablando con él... Hasta que vio las lágrimas y la expresión de terror de su rostro. No estaba hablando, estaba diciendo la misma palabra una y otra vez entre sollozos. Se acercó en dos zancadas, la tomó en brazos con manta y todo y la acunó sobre el regazo. Estaba alterada y muy fría. Murmuró algunas palabras que recordó de su infancia, le apartó el pelo de la cara, dejó que sollozara sobre su hombro y fingió que habría hecho lo mismo con cualquier persona, que habría sentido esa misma comprensión y que habría ahuyentado cualquier cosa que la amenazara, aunque estuviese dentro de su cabeza. Dejó de sollozar poco a poco y su respiración se apaciguó. Notó el instante en el que se despertó y se dio cuenta de dónde estaba porque todo su cuerpo se puso tenso.

–No pasa nada –susurró él alegrándose de que estuviera oscuro y ella no pudiera ver la expresión de su rostro–. Yo te protegeré.

Él prefirió no analizar hasta qué punto lo había dicho de verdad.

–¿Qué... qué ha pasado?

Nunca la había oído balbucear ni hablar en un tono tan aterrado. Se pasó una mano por el dolor que sentía en el pecho y volvió a acariciarle el pelo, pero ella ya estaba despierta y se apartó.

–¿Tienes muy a menudo estas pesadillas? ¿Por eso te escabulles de la cama todas las noches? Has estado alterada otras veces, pero solías tranquilizarte cuando te tomaba en brazos.

Ella se levantó como si estar en su regazo le quemara y se cubrió con la manta como si fuese un manto que la protegía, aunque no supo si era de él o de sus sueños.

–¿Qué? –preguntó ella en un tono cortante y presa del pánico–. ¿Qué quieres decir?

–Tenías una pesadilla espantosa –contestó él dándose cuenta de la rigidez de ella y de que había dado con algo importante–. Estabas sollozando y gritando la misma palabra una y otra vez.

–Qué raro –aunque el tono fue más frío, él captó el pánico y los retazos de la pesadilla–. He debido de comer algo que me sentó mal.

Era otra mentira, pero él no pudo reunir la furia de siempre. Ella estaba frágil, pero actuaba con firmeza, aunque no había fingido esas lágrimas que él sentía todavía en la clavícula. Se levantó y vio que ella giraba la cabeza como si tuviera que hacer un esfuerzo para quedarse callada. Entonces, deseó que fuesen dos personas distintas o que pudiesen empezar todo eso otra vez, como ella fingió querer aquel día en la cocina. Deseó poder confiar en ella o que ella confiara en él, aunque fuese un poco. No la tocó, aunque era lo que más deseaba. Casi podía ver las espinas defensivas que tenía alrededor, como si le hubiesen salido mientras estaba allí de pie.

–No creo que fuese la comida –comentó él inexpresivamente–. Llamabas a tu madre.

Ella dejó escapar un sonido como si se hubiese quedado atónita.

–¿A mi madre? –preguntó con demasiada indiferencia–. Eso no tiene sentido, tienes que haberte equivocado.

–No, *agapi mou* –entonces, se dio cuenta, vagamente, de que la había llamado «mi amor» y le tomó un mechón de pelo entre los dedos–. Solo decías «mamá» una y otra vez.

# Capítulo 7

CUANDO Mattie se despertó, la luz entraba por el ventanal y Nicodemus no estaba allí. Parpadeó y miró el lado de la cama donde él solía mostrar toda su perfección masculina. Sin embargo, entonces, los recuerdos se adueñaron de ella y sintió dolor de cabeza. Sintió resaca, aunque sabía que no la tenía. Le palpitaban las sienes y tenía la boca seca. Además, un pánico creciente le atenazaba las entrañas. La ducha, larga y abrasadora, no sirvió de nada, como tampoco sirvió la taza inmensa de café que se preparó en la cocina. Recorrió el largo pasillo que llevaba al despacho de Nicodemus y se detuvo cuando oyó su voz firme y autoritaria.

–Ya he firmado los documentos. Consideraré que cualquier retraso o desidia es un gesto de hostilidad. ¿Está claro? *Endaxi*.

Su voz le transmitió una falsa sensación de seguridad, como si él pudiese hacerse cargo de cualquier cosa, incluso de ella... y no podía arriesgarse a que lo hiciera. Volvió al dormitorio principal, buscó sus cosas en el inmenso vestidor y sacó la cajetilla de tabaco del fondo de su bolso con un suspiro de alivio. Estaba arrugada y los tres cigarrillos que quedaban, casi partidos, pero le dio igual. Sacó uno y rebuscó en el bolso para encontrar el encendedor. No salió a la terraza que rodeaba el dormitorio, sino que fue al ala de la villa donde estaban las suites de los invitados. Allí, en la zona más apartada de la casa, salió a un pequeño patio, se sentó en un banco de hierro que no se veía desde dentro y se entregó a su vicio más censurable. Estiró las piernas y dejó que la cálida luz del sol la inundara por dentro. Lentamente, fue sintiéndose mejor. El cigarrillo tenía un sabor rancio, pero le dio igual, no se trataba del sabor. Ni siquiera se trataba de fumar. Se trataba de recordarse que Nicodemus no podía dominarla, que no la conocía independientemente de lo que creyese que había oído la noche anterior, que ella tenía ocultas partes de sí misma, que él no podría conocerlas por muchas veces que comieran juntos ni por muchas pesadillas que le aliviara, que él creaba la ilusión de seguridad, pero que solo era una ilusión. Tenía que serlo o estaría perdida. Además, si había una parte de sí misma que quería darse por vencida, entregarse a él para ver si alguien tan fuerte e imponente como él podía ayudarla a acarrear el peso de sus secretos...

—No seas ridícula, Mattie —se dijo en voz alta.

—Me temo que ya es demasiado tarde para eso.

Mattie dio un respingo, se giró y vio a Nicodemus, alto, sombrío y furioso, en las puertas acristaladas que daban a la habitación de invitados. Miró el cigarrillo como si no lo hubiese visto nunca y lo miró a él. Recordó que, hacía mucho tiempo, en la biblioteca de su padre, él le había dicho que aquel sería su último cigarrillo. Se le desbocó el corazón, pero no podía recular, ya había cedido demasiado. Lo miró a los ojos, dio una bocanada y expulsó el humo hacia él. El mundo se detuvo por un instante, hasta que él inclinó la cabeza hacia atrás y se rio. Era lo que menos se había esperado ella. Ese sonido dorado y contagioso lo llenó todo y, quizá por eso, no se movió cuando él se acercó y se quedó delante de ella. Entonces, ya fue demasiado tarde. Él se inclinó, la atrapó contra el respaldo, le quitó el cigarrillo y lo aplastó con un pie. Luego, puso los brazos a los lados de ella y acercó peligrosamente el rostro al suyo. Sus ojos oscuros tenían un brillo abrasador y sintió lo que ella prefería llamar miedo, aunque la derretía por dentro.

–¿No lo dejé claro? –preguntó él con delicadeza, aunque su mirada decía otra cosa–. Recuerdo haberte dicho que fumar era inaceptable. ¿Acaso soñé esa conversación?

–Nunca he dicho que fuese a obedecerte, Nicodemus –replicó ella, aunque le asombró que pudiese hablar–. Tú decidiste que tenía que obedecerte, como has decidido muchas cosas desde el día que nos conocimos. Puedes decidir lo que quieras, pero eso no significa que yo lo acepte ni que vaya a cumplirlo como si fuese el Evangelio.

Él la miró durante un rato que le pareció eterno y sonrió.

–Gracias –dijo él casi con cortesía.

–¿Por qué?

–Por facilitarme las cosas.

Ella ni se enteró. De repente, se encontró en el aire sin saber lo que estaba pasando hasta que su abdomen se topó con el hombro granítico de él. Ya estaban dentro de la villa y recorrían velozmente el ala de invitados cuando comprendió que la había levantado y se la había echado al hombro. Se resistió, pataleó y le golpeó la espalda con los puños, pero él se rio y le dio un azote en el trasero. Luego, volvió a levantarla y la dejó caer. Soltó un grito justo antes de aterrizar en el centro de la cama, de la cama de él, se recordó mientras se recomponía para sentarse y... verlo a los pies de la cama con los brazos cruzados y mirándola con rabia.

–Hemos pasado una semana de mentiras y cortesía tensa –comentó él sin la más mínima cortesía–. Ahora, lo haremos a mi manera.

–¡Ya lo hemos hecho todo a tu manera!

–Mattie, no digas nada –insistió él en un tono tan inflexible que ella no se lo había oído jamás.

Intentó convencerse de que no estaba obedeciéndolo, de que solo quería serenarse, de que, si hubiese querido, habría gritado, pero se quedó en silencio.

–¿Qué propones que haga con una mujer que se comporta como una niña desobediente?

–¿Debo tomarlo como una pregunta retórica?

–No hace falta ser psiquiatra para saber que tienes problemas no resueltos con tu padre, Mattie –siguió él sin contestar a su pregunta–. La cuestión es si yo represento ese papel.

Ella apretó los dientes hasta que le dolieron las mandíbulas.

–Yo no tengo problemas no resueltos con mi padre, tú eres mi único problema.

–Lo que tienes que entender es que ganaré independientemente de lo que tenga que hacer y de tus artimañas. Ganaré porque siempre gano.

–No me ordenes...

–Ya es hora de que dejes de arremeter contra molinos de viento –la interrumpió él implacablemente–. No vivimos en tu mundo, donde das órdenes y todo el mundo las cumple. Estamos en el mío y ya he perdido el interés en consentir esas rabietas.

Ella no pudo decir nada durante un rato. Sentía ese anhelo profundo y sombrío que la devoraría y no dejaría nada de ella. ¿Qué pasaría cuando él consiguiera lo que creía que quería y la conociera de verdad? ¿Por qué quería descubrirlo ella cuando sabía que se arrepentiría?

–Es un problema que creas que tienes derecho a esperar obediencia, Nicodemus –replicó ella con la esperanza de poder salir de esa como salía siempre–. También es un problema que creas que puedes manipularme.

Iba vestido de negro. Llevaba una camiseta negra ceñida a sus musculosos brazos y unos pantalones negros que colgaban de sus estrechas caderas. Parecía como si pudiera acabar con una célula terrorista él solo si quisiera y eso significaba que no tardaría mucho en intimidarla a ella. La mera idea hacía que le flaquearan las piernas cuando quería ser fuerte.

—También es un problema muy grande que llames rabietas a todo lo que hago y no te gusta —siguió ella levantando la barbilla sin dejar de mirarlo—. Es insoportablemente condescendiente.

—Te diré lo que va a pasar —replicó él sin inmutarse, como si el ambiente no estuviese cargado de tensión—. Te dije que iba a darte unos azotes. Tú tenías la posibilidad de bailar para mí a cambio, pero preferiste huir, como siempre, y yo tuve que recoger otro de tus estropicios, también como siempre —sonrió levemente—. ¿Creías que me había olvidado de esas infracciones?

—¿Esto es otro internado? ¿Vas a encerrarme por haber fumado? ¿Voy a tener que escribir mil veces algo o fregar los suelos?

—Había pensado en algo mucho más... corporal.

—Dices que quieres que te obedezca, pero no te gustó mucho cuando me puse de rodillas, ¿verdad? —replicó ella repitiéndose que sentía miedo y no deseo porque no quería fascinarse por eso, quería tener miedo—. Por cierto, no te llamo «señor» por muy disparatado que me parezcas.

Él se encogió de hombros.

—Tu cuerpo es una presa fácil en esta pequeña pelea que tenemos. ¿Por qué no iba a hacer lo que me parece? Creo que lo haremos a mi manera y ya veremos lo que me llamas cuando haya acabado. Podrías llevarte una sorpresa.

—Si me das un azote, dejaré que esa corriente me arrastre hasta Libia, lo digo en serio.

–Tomo nota –comentó él como si su amenaza no lo hubiese impresionado–. Te ataré a la cama.

Entonces, él puso una rodilla en la cama, como si fuese a reptar hacia ella, y todo pareció inclinarse hacia un lado. El mundo se volvió rojo, algo estalló dentro de ella y no pudo pensar, solo pudo sentir ese deseo devorador por cualquier cosa que él pudiera darle.

Presa del pánico, quiso bajarse de la cama para escapar al cuarto de baño, donde podía encerrarse y, si todo lo demás fallaba, arrastrarse hasta el tejado e intentar... Sin embargo, él la agarró de la cadera con una mano y volvió a dejarla en el centro de la cama.

–No te muevas –le ordenó él.

Ella, naturalmente, agitó los brazos, pataleó, se retorció y brincó hasta que se dio cuenta, como le pasaba siempre con ese hombre, de que solo había empeorado mucho las cosas porque él se había limitado a sujetarla contra la cama con su fuerza y a esperar. Ella estaba sin aliento y él estaba impasible. Estaba tumbado encima de ella, en la peor posición que podía imaginarse, aplastándole los pechos de una manera que la abrasaba y la preocupaba a la vez. Tenía las caderas sobre las de ella, las piernas entre las de ella y no hacía nada para disimular la erección. Era perfecto, hermoso aunque tuviera los dedos entrelazados con los de ella, le levantara los brazos por encima de la cabeza y la tuviera inmovilizada en la cama.

–Solo estás empeorando las cosas –le advirtió él como si ella no lo supiera.

Decidió que estaba enferma porque no quería resistirse más. Quería derretirse, moverse para sentir mejor su miembro en el vientre. Quería levantar la boca y besarlo. Quería... supo que eso era mucho más destructivo que cualquier otra cosa que él pudiera hacerle.

–Nicodemus...

Hasta ella captó el anhelo de su voz, y que no le había pedido que la soltara.

–Dices que no te entregarás voluntariamente a mí y, sin embargo, me parece evidente desde hace un tiempo que necesitas entregarte más que cualquier otra cosa. Piénsalo. Tú, sin dominio de ti misma, sin manipulaciones, sin maquinaciones, solo tu trasero desnudo y mi mano. ¿Te imaginas lo que podríamos aprender de una interacción tan elemental?

Ella tardó en darse cuenta de que estaba temblando como si algo se le hubiese soltado por dentro y ya no pudiera contenerlo, como si él ya estuviese haciendo lo que había descrito tan gráficamente, como si ella hubiese llegado tan lejos. Como si ella pudiese entregarse como él quería que hiciera, como a ella le gustaría hacer. Temblaba como una hoja, pero no dijo que no.

–Si no –siguió él en voz baja–, puedes decirme una verdad. Solo una. La verdad o mi mano, Mattie. Tú eliges, pero, sea como sea, te entregarás de alguna manera a mí.

Entonces, ella se dio cuenta de lo que tenía que hacer. Era lo único que le quedaba y no sabía por qué lo había eludido tanto tiempo. Como le había enseñado él durante la semana anterior, había cosas mucho más íntimas que el sexo. El mundo estaba lleno de revolcones de una noche, de gente que utilizaba el sexo para ocultarse de la intimidad, no para profundizarla.

Podía hacerlo y debería haberlo hecho hacía mucho tiempo, debería haberse dado cuenta de que era la única manera de tener la iniciativa. Lo miró buscando algún indicio de que no solo era inflexible, exigente e implacable, pero se encontró con la mirada del Nicodemus que ya conocía y, asombrosamente, lo acertado de la decisión que había tomado después de tantos años de sufrimiento la serenó, aunque estuviese atrapada entre la cama y él. Quizá fuese porque era precisamente él. Quizá siempre se hubiese tratado de él y debería haberlo reconocido hacía mucho tiempo. No quería pensar en eso y en todas las cosas que podría implicar.

—Una verdad —insistió él como si creyese que ella no iba a contestar—. Eso bastará para que hagamos borrón y cuenta nueva. ¿No puedes hacerlo?

Ella se soltó las manos y le sorprendió que él se lo permitiera. Luego, le acarició la mandíbula y dejó que la sensación se adueñara de ella. Le gustaba que llevara algunos días sin afeitarse, que su piel estuviese áspera. Le gustaba el brillo de sus ojos y que ella estuviese más cerca de él.

—Te deseo —susurró ella.

Nicodemus se quedó helado.


Todo se tensó durante un momento, como si se mantuviera sobre el filo de una navaja, aunque quizá solo fuera él, que se mantenía encima de ella con sus palabras retumbándole por dentro. No le pidió que lo repitiera. No lo hizo porque nunca le había visto esa mirada cristalina, decidida, brillante y algo más que ávida. Sincera. Lo arrasó como una oleada que lo condenaba o lo bendecía, y no sabía qué le importaba más. Se recordó que Mattie era una mentirosa, que, como todas las personas que habían significado algo para él, le mentiría con la misma facilidad que respiraba, que no tenía sentido creerla en ese momento, cuando solo le había dicho lo que sabía que él quería oír.

Entonces, ella quitó las manos de su cara, le rodeó los hombros con los brazos y cimbreó las caderas como si bailara para él, y consiguió que, esa vez, él deseara creerla.

—Nicodemus —susurró ella—, siempre te he deseado.

Él, a pesar de todo, solo era un hombre tan débil como todos los demás, quizá, incluso, tan débil, a su manera, como el hombre al que había odiado más, su padre. Además, Mattie Whitaker se le había metido en las entrañas durante todos esos años, susurraba su nombre en los momentos más sombríos, lo supiera ella o no, y le prometía exactamente eso en sus fantasías favoritas. ¿Cómo podía resistirse a ella? Dejó de intentarlo, bajó la cabeza y la besó sin importarle lo que pudiera pasar después, sin importarle que ella le demostrara que hasta eso era mentira, como daba por supuesto que haría porque siempre lo hacía. Por primera vez en su vida, le daba igual.

Ella sabía a fuego, a anhelo y a todo el deseo que los había dominado durante ese tiempo. La besó una y otra vez, se saciaba y se entregaba a la vez, sentía su cuerpo suave donde el suyo estaba duro, su cuerpo alto, largo y perfecto. Era suya, se dijo deleitándose con su calidez y con la voracidad que lo devoraba por dentro, lo espoleaba y lo enloquecía. Ella le acarició la espalda, los bíceps y bajó las manos hasta sus caderas. Solo sentía su boca abrasadora, su sabor embriagador, el enloquecedor contoneo de su cuerpo contra el de él. Se separó para quitarse la camisa y ella dejó escapar un leve sonido de fastidio. Él pensó que podría comérsela viva.

Tiró la camisa a un lado y le quitó la suya a ella. Le bajó los ceñidos vaqueros negros a lo largo de las interminables piernas y sintió el mismo delirio que experimentó cuando ella hizo lo mismo en el avión. Volvió a recorrerle con los dedos el tatuaje del Ave Fénix, al ritmo de los delicados sonidos que ella emitía, hasta que contuvo la respiración y la soltó con fuerza cuando él le pasó lentamente la lengua por la masa de colores. La pasó por cada línea, paladeó cada rincón de esa criatura mágica y mítica que se había pintado en la piel. Cuando terminó, ella estaba retorciéndose debajo de él como si no pudiera evitarlo, como si estuviese tan necesitada y enloquecida como él. Sin embargo, no era suficiente.

Le quitó el sujetador, una copa detrás de la otra, para venerar cada pecho por separado. Recordó sus pezones endurecidos y rosas, pero, esa vez, saboreó cada uno. Empleó la lengua, los labios y la punta de los dientes hasta que ella farfulló algo parecido a su nombre. Aunque quizá fuese una letanía parecida a una súplica. Fuera lo que fuese, a él le pareció música celestial.

Bajó por el abdomen hasta que llegó al arete del ombligo y pudo reconocerse, por fin, que le gustaba, que hacía que fuese más sexy, algo que le había parecido imposible. La quería para él, entera, con colores llamativos y aretes sexys. Ese arrebato posesivo no era nuevo, pero la sencilla belleza de su entrega, su cuerpo abierto debajo de él, su cuerpo que se estremecía por sus caricias, hacía que se sintiera como un dios. Haría cualquier cosa por eso. La idea debería haberlo preocupado si se hubiese parado a pensarla, pero, al mismo tiempo, dudaba mucho que alguna vez llegara a saciarse de ella, no podía imaginarse nada ni parecido. Volvió a pensar que era suya, como hacía siempre, aunque esa vez fue algo mucho más intenso porque, por fin, le parecía verdad.

Cuando llegó al encaje traslúcido del tanga, ella introdujo los dedos entre su pelo y lo agarró con fuerza.

–No –él la miró y se quedó quieto, aunque tuvo que hacer un esfuerzo–. Te quiero dentro de mí, Nicodemus, por favor.

Él tenía la boca a un centímetro de su humedad dulce y ardiente. Anhelaba paladearla otra vez, pero le daba igual lo que ella hiciera o dijera, lo que le dejara hacer en ese momento o lo que se reservaba, siempre que no parara, que no parara, por favor.

–Tienes que estar segura, esta es una de las muchas cosas de las que no puedes retractarte.

¿Se imaginó él que se le habían ensombrecido los ojos? Sin embargo, dio igual porque ella estaba poniéndose de rodillas para quitarse el sujetador, que él solo había levantado, y las bragas.

–No quiero retractarme de nada –replicó ella con la voz ronca sin dejar de mirarlo.

Él la creyó. Que Dios se apiadase de él, pero la creyó. La abrazó y se quedaron de rodillas en el centro de la cama que él siempre había soñado que algún día sería la de ellos dos. Ella lo besó con una pasión que estuvo a punto de hacerle perder el dominio de sí mismo. Él le introdujo las manos entre el pelo para devorarle la boca mientras ella le abría los pantalones. Lo tomó con las manos y él gruñó apoyando la frente en la de ella. Estaba demasiado excitado, había pasado demasiado tiempo, desde siempre. Aun así, dejó que ella acariciara toda su extensión una vez, dos veces, a la tercera le apartó las manos.

–Pero quiero...

–Ya me has dicho lo que quieres –la interrumpió él con la voz ronca–, pero no lo conseguirás si sigues así.

Quizá hubiese estado completamente engañado después de todo. Sin embargo, la sonrisa de ella pareció llenar toda la habitación, y a él también. Se abrió paso entre las sombras que se agazapaban dentro de él e iluminó los rincones más oscuros. Ese era el verdadero peligro y lo había sido siempre. Quería creer.

Se tumbó de espaldas, se quitó los pantalones y la tumbó al lado de él. Luego, se pasó una de sus piernas por encima de la cadera y volvió a devorarle la boca mientras la acariciaba. Una mano le acariciaba el pelo tupido mientras la otra descendía hasta su humedad ardiente. Lo deseaba, eso era verdad. Estaba mintiéndole sobre algo, estaba seguro porque siempre le mentía, pero no era sobre eso. Eso estaba sucediendo por fin. Introdujo un dedo y la encontró asombrosamente cerrada y ardiente. Se estremeció, introdujo otro dedo y giró la mano para que cada vez que la oscilara, ella la sintiera en el centro exacto de su anhelo. Mattie se dejó llevar, arqueó las caderas y él no hizo nada para contenerla. Siguió besándola mientras ella gemía, la abrazó con fuerza cuando intentó separarse, sintió que se ponía tensa mientras se derretía en su mano. Notó que se estremecía, oyó los sonidos más desenfrenados y dulces que podía imaginarse, hasta que, entrecortadamente, dijo algo que se parecía a su nombre y se dejó consumir por esa llamarada deslumbrante mientras él la miraba con masculina satisfacción y un anhelo aterrador que lo asolaba.

–Eres mía, *agapi mou* –él retiró la mano y la colocó de espaldas mientras ella temblaba y gritaba entre sus brazos–. Siempre has sido mía.

Entonces, por fin, se abrió paso dentro de ella. Notó una leve resistencia y que ella cedía. Notó que se quedaba rígida y que dejaba escapar un grito que ya no era de pasión. Era imposible, pensó él, pero el sonido que había emitido era de dolor mezclado con asombro. Tenía los ojos oscuros y vidriosos y empezó a golpearle el pecho. Él creía que ella no sabía que estaba golpeándolo, y menos con esa fuerza... Era virgen.

# Capítulo 8

Mattie solo podía sentir que le dolía mientras esa plenitud desproporcionada y desconocida seguía, mientras la abrasaba, mientras parecía como si sus muslos fuesen de otra con esa enormidad dura entre ellos y dentro de ella, aunque se había convencido de que no le dolería después de tanto tiempo... y con él. Vagamente, se dio cuenta de que estaba quieto, de que la fantasía de que no se daría cuenta no se había cumplido. Él se había dado cuenta y, peor aún, se había parado.

—No pasa nada —dijo Mattie en un tono desenfadado que hasta a ella le pareció tenso y demasiado estridente—. Solo puede ir a mejor, ¿no?

Ella contoneó las caderas para hacer una prueba y tuvo que contener la respiración porque no fue mejor, fue... penetrante, desproporcionado y mucho más físico de lo que se había imaginado.

—Hasta así encuentras una manera más de mentirme —le reprochó él entre dientes—. Cuando habría dicho que era imposible.

No parecía desenfadado, divertido ni perversamente emocionado, posibilidades que se había imaginado si él se daba cuenta, y le dolía.

—No he mentido —replicó ella sorprendida de que pudiese hablar, incluso consiguió parecer algo ofendida—. Nunca me preguntaste si era virgen.

Él seguía encima de ella, quieto, como si lo hubiese

traicionado, y no le gustó nada el estremecimiento que sintió por dentro, como si algo dentro de ella estuviese de acuerdo.

–¿Cómo? –preguntó él con una voz tan sombría que ella volvió a estremecerse.

–De la manera habitual –contestó ella intentando sentirse cómoda con un hombre dentro–. Es decir, no haciéndolo.

Ella podía notar su mirada atravesándola, abrasándola, acusándola.

–Tienes veintiocho años. Esperaría ver antes la cara de Dios junto al plato de la cena que una virgen de veintiocho años.

–No hay ninguna ley que diga que todo el mundo tiene que perder la virginidad a cierta edad.

–No –confirmó él con aspereza–, pero sí hay algo que se llama realidad. Por no decir nada de tus relaciones, perfectamente documentadas por las cámaras.

–Lo que pasa delante de una cámara es teatro y apariencias, Nicodemus. Un juego, ya lo sabes.

–Quieres decir, mentiras.

–Yo no habría empleado esa palabra.

Él tamborileó con los dedos en su barbilla y, en ese momento, ella se dio cuenta de que había estado frunciendo el ceño al centro de su cuello todo ese tiempo. Cuando vio su rostro, le pareció atraído y furioso a la vez, herido y hechizado. Sabía que ella era la responsable, pero lo dejó a un lado y se recordó que Nicodemus no era como los demás hombres, no era como nadie que ella hubiese conocido, y no soportaba que saberlo hiciese que se sintiera más expuesta.

–¿Cómo? –volvió a preguntarle él en un tono más tajante.

Mattie cayó en la cuenta de que no lo había pensado, sobre todo, porque era tan mayor que había dado por supuesto que no le afectarían las preocupaciones típicas de la virginidad. No había previsto que tendría que defender algo que casi no se había atrevido a reconocerse a sí misma, algo que le parecía más ridículo e injustificado en ese momento, cuando le dolía y él la miraba como si ella le hubiese hecho algo.

–¿Por qué será que no me sorprende? –preguntó ella con indignación–. Si te hago una felación, tienes un berrinche infinito. Si te entrego mi virginidad, algo tan apreciado hoy en día que creo que se vende en Internet por cifras astronómicas, te comportas como si tuviese una enfermedad contagiosa. Por Dios, Nicodemus, ¿qué te pasa?

–Eres idiota –replicó él en un tono que ella no le había oído jamás–. Empiezo a creer que todo esto es intencionado, que es una maniobra premeditada para hacerme el mayor daño posible.

–No soy idiota –replicó ella dolida, lo que hizo que se sintiese idiota.

–¿Querías que te hiciese daño, Mattie? ¿Querías que me sintiese culpable, que me arrepintiera y que tú, por fin, fueses una víctima? Enhorabuena, lo has conseguido.

Entonces, él se movió y ella se dio cuenta de que iba a separarse, de que iba a dar por terminada esa experiencia tan rara. Fue como un balazo que le disipó esa sensación de fragilidad aterradora que sentía por dentro y que solo dejó un arrebato de rabia.

–¡Ni se te ocurra!

Lo rodeó con las piernas como si así pudiera retenerlo donde estaba, o quizá fuese el pánico a perderlo para siempre si lo soltaba.

–Si lo dejas ahora, siempre será algo doloroso y desastroso –añadió ella.

–No sabes lo que dices, como has demostrado al llegar a hacerte daño en el proceso.

Él había dejado de separarse y ella sintió un alivio inmenso, aunque no estaba segura de que lo hubiese entendido. Se dio cuenta de que tenía los puños contra su pecho y abrió las manos para sentir el calor de su piel, esa perfección que solo tenía Nicodemus. Notó que su corazón palpitaba con fuerza debajo de la mano y, entonces, se dio cuenta de que su respiración era entrecortada, como si eso también le doliera a él. Arqueó un poco las caderas para ver qué pasaba. No pudo decir que fuese agradable, pero tampoco quiso gritar.

—Mejóralo —le ordenó ella.

Él abrió un poco los ojos, como con un gesto de sorpresa que disimuló casi en cuanto ella lo vio. Entonces, ella también captó la pasión viril y primitiva que había detrás. Un anhelo abrasador, lo que ella quería recuperar.

—¿Por qué crees que puedo? —preguntó él.

Sin embargo, a ella le pareció que su voz era menos sombría, que no reflejaba esa oscuridad impenetrable, y se aferró a eso.

—Porque ya has demostrado que puedes.

Ella no sabía por qué estaba susurrando. Solo sabía que él seguía encima, aunque apartándose con los puños clavados en la cama, y que lo quería mucho más cerca, que quería que hiciese algo con ese anhelo que la dominaba y que era algo físico y sentimental a la vez. Disparatado y entrelazado, pero culpa de él. Notó que se movía dentro de ella y se estremeció con la carne de gallina. Él entrecerró los ojos.

—Si lo hago, ¿qué conseguiré a cambio? —preguntó él como si hubiese elegido las palabras con mucho cuidado.

—Seguramente, un orgasmo —contestó ella con el ceño fruncido—. A no ser que algo salga espantosamente mal. ¿No es eso lo que se suele conseguir?

A ella le pareció ver un brillo como la miel en sus ojos, un brillo que consiguió que esa plenitud desproporcionada que sentía dentro también se estremeciera. No fue pasión, pero tampoco le dolió tanto como antes. Entonces, cuando él acometió una y otra vez con un ritmo casi indolente que la dejó helada primero, que la relajó después y que la dejó sin respiración por fin, ella supo que él sabía lo que estaba haciendo de una forma que ella nunca habría podido imaginarse.

—No se trata de orgasmos, Mattie —comentó él con una masculina e inconfundible confianza en sí mismo—. Los orgasmos llegan cuando se juntan la química y la destreza. Eso no se cuestiona aquí.

—Eso no es lo que he leído —replicó ella en un tono muy serio.

Él esbozó una sonrisa y ella la sintió por todo el cuerpo. En los sitios donde sus cuerpos se unían, en ese rincón que volvía a caldearse y suavizarse por los movimientos de él, en ese escozor de los ojos que no iba a poder contener y que iba a acabar delatándola.

—Estás matándome y es posible que yo te mate a ti —susurró él—, pero, antes, tengo que mostrarte la diferencia que hay entre leer y vivir.

Inclinó la cabeza y le lamió un pezón. Ella pudo notar que sonreía cuando el pezón reaccionó inmediatamente y se endureció.

—Te gustará la lección —siguió él—. Después, hablaremos, princesa.

Le tomó el otro pecho con la punta de los dientes y ella volvió a cimbrearse alrededor de la implacable protuberancia que tenía dentro, y se sintió mucho mejor. Él osciló las caderas y, asombrosamente, alcanzó ese pequeño punto que solo él había sabido encontrar. Entonces, ella comprendió por qué todo estaba conectado, por qué lo sentía a él por todos lados, por qué estaban

hechos tan disparatada y perfectamente, tan evidentemente hechos el uno para el otro.

Nicodemus salió, volvió a entrar con lentitud y firmeza y todo cobró un sentido maravilloso.

–Sigue haciendo eso y podremos hablar todo lo que
quieras –susurró ella con la voz temblorosa.

Él se rio y eso también fue una llamarada dentro de
ella. No sabía cuándo había cambiado todo. Estaba con-
tando las cosas que no eran dolorosas cuando, acto seguido, no podía contarlas porque todo era excesivo,
todo era fuego y placer, todo era desenfrenado y hermoso, todo era una tormenta perfecta de locura y Nicodemus lo orquestaba todo con sus manos, con su boca,
con ese ritmo indolente e incesante que cada vez los
acercaba más a algo inmenso. Ella ya había tenido un
orgasmo antes, incluso, más de uno con él, pero comprendió que se dirigían hacia algo distinto, enorme, que
les cambiaría la vida, demasiado intenso como para sobrevivir...

–Nicodemus... –ella no se reconoció a sí misma y él
se rio otra vez como si eso fuese parte de su plan– no
puedo...

–Podrás –le susurró él al oído antes de moverse de
verdad.

Ella lo notó brotar de un rincón maravilloso que
nunca había sabido que tenía dentro y se extendió como
el fuego hasta que solo quedó él, su manera de moverse
y cómo recibía ella cada acometida. Hasta que solo
quedó esa luz maravillosa que creaban juntos. Hasta
que solo quedó el amor. Se disparó una alarma, pero no
le hizo caso, ya había llegado demasiado lejos.

–No puedo –repitió ella con un sollozo.

–Tienes que poder –insistió él con seguridad–.
Ahora.

Entonces, introdujo una mano entre los dos, justo encima de la hendidura y ella explotó. Se hizo mil añicos deslumbrantes, pero, aun así, oyó que él gritaba su nombre mientras la acompañaba.

Nicodemus no la dejó hasta que cayó la noche y, aun así, le resultó casi imposible. Era cálida, amoldable, perfecta con la cara en su cuello y la respiración pausada. Sin embargo, se obligó a hacerlo. Se apartó y se sentó en el borde de la cama casi deseando que ella se despertara, como había hecho muchas veces, y lo tentara a volver a su lado para no tener que pensar. Para no pensar qué iba a hacer, para no aceptar lo que ya sabía que iba a tener que hacer.

Había sido un día muy largo y todo daba vueltas dentro de él, todo hacía que la deseara otra vez cuando había pensado que eso era imposible. Por fin había conocido cada centímetro de su delicioso cuerpo, la había tomado una y otra vez, incluso después de que hubiese creído que ya tenía que estar cansada, pero bastaba que ella le susurrara que quería más para que él perdiera el dominio de sí mismo. Ya conocía el sabor de todos sus rincones, ya sabía los sonidos que emitía según lo que sintiera o quisiera, sabía que inclinaba la cabeza hacia atrás, que se derretía y se desenfrenaba antes de arder en llamas. Además, era el único hombre que lo sabía. El único hombre que la había acariciado así, que la había poseído, que la había hecho suya... sabía que era lo bastante cavernícola como para complacerse en eso. Ese sentido de la posesividad rugió dentro de él y casi acalló todo lo demás. Casi.

–¿Ahora es cuando vamos a hablar? –preguntó ella con la voz ronca.

Él podría haber contestado que no, podría haberse dado la vuelta, haberla tomado entre los brazos y haberse entregado a ella como quería hacer. Podría haberlo pospuesto indefinidamente. Sin embargo, no lo hizo, no pudo.

—Eres una mentirosa.

Esa vez, no fue una acusación, se limitó a constatar un hecho.

—¿Esto es lo que se llama una conversación de alcoba? Si lo es, se te da muy mal.

Él quiso reírse y comprendió que por eso era tan peligrosa. Más peligrosa todavía que cuando solo la anhelaba desde la distancia. Mattie le gustaba, al revés que Arista, quien solo había sido lo que él había proyectado en ella. Le gustaba su humor irónico. Le gustaba que no le tuviera el más mínimo miedo. Le gustaba que estuviese dispuesta a burlarse de los dos, como si todo eso solo fuese un juego al que estaban jugando y no algo tan importante y real que a él le dolía por dentro. Le gustaban mil cosas de ella que no tenían nada que ver ni con su belleza ni con lo mucho que la anhelaba ni con la fusión con la empresa de su padre y el trabajo que tendría que llevar a cabo con su hermano durante los próximos meses. Sin embargo, todo eso daba igual porque ella no podía dejar de mentir y él no podía vivir con eso. En su vida ya había más mentiras de las que podía soportar y, además, ella no lo había negado.

—Eso solo era una verdad como un puño —él se dio la vuelta para mirarla—. Es la esencia de lo que eres, Mattie. Mientes siempre, sobre cualquier cosa, incluso, sobre esto.

Ella frunció el ceño, aunque la boca le pareció vulnerable y tuvo que hacer un esfuerzo para no tocarla.

—No puedes exigir que alguien te deje entrar en sus pensamientos íntimos. Eso lleva tiempo y...

—¿Por qué te reservaste para mí? —la interrumpió él sin contemplaciones.

–Ha sido una casualidad –contestó ella frunciendo más el ceño.

–Eso es mentira, aunque estemos hablando de mentir –ella se sonrojó y lo confirmó como si lo hubiese reconocido abiertamente–. Lo intentaremos otra vez. ¿De qué tratan tus pesadillas?

Entonces, le pareció desdichada y quiso acabar con eso, quiso que eso importase, pero ella tragó saliva, bajó la mirada y metió las manos debajo de la sábana para que no las viera. Sin embargo, él no tenía que verlas para saber que las había cerrado en unos puños. Sabía demasiado de ella y ese era el problema.

–Tuve una pesadilla y tú me despertaste –contestó ella en voz baja sin mirarlo.

Él se sintió como si estuviese partiéndose en dos, como si esa mentira fuese el último clavo en una luna de cristal y la hubiese hecho añicos.

–Creí que podría alcanzarte –comentó él sin alterarse–. Creí que todo era un juego y que dejarías de jugarlo cuando estuviésemos solos aquí. Durante todo este tiempo, creí que, a pesar de todo, esto importaba.

Ella levantó la vista y lo miró con los ojos brillantes por unas lágrimas que él nunca había creído que derramaría. Ni siquiera podía estar seguro de que fuesen reales, por mucho que deseara que lo fuesen.

–Esto importa –susurró ella.

–Entonces, dime algo que sea verdad, Mattie –le pidió él con más apremio que antes–. Una verdad que no sea una trampa, que no nos lleve a tu pequeña madriguera de mentiras dentro de más mentiras hasta que acabamos enredados en un nudo. Una sola cosa.

–Sabes todo lo que importa. Estoy aquí, ¿no? Todo esto ha sucedido. Me reservé para ti, ¿por qué importa el motivo? ¿Qué más crees que tienes que saber?

Él sacudió la cabeza, se levantó y fue a encender las

luces. La habitación se iluminó con un resplandor dorado, pero era preferible a esa oscuridad demasiado íntima en la que él, probablemente, se imaginaba que veía lo que quería ver en vez de lo que era.

Mattie estaba sentada en el centro de la cama, tapada con la sábana y parpadeando por la repentina luz, y él, a pesar de todo, seguía anhelándola. Sentía la misma voracidad, como si no se hubiese pasado todo el día saciando ese apetito. Entonces, entendió que eso no cambiaría nunca, que ella lo tenía enganchado desde el principio y lo tendría siempre, que la amaba como no había amado a nadie y que, aun así, no importaba. Nunca aprendía las lecciones.

—Mi padre era un hombre estricto y sombrío —comentó él sin saber por qué, aunque no quería que ella tuviera la más mínima duda sobre sus motivos—. Entraba y salía de nuestro piso en una nube negra y mi madre corría para apaciguarlo, independientemente de lo que él dijera o hiciera. Durante mucho tiempo, no entendí por qué su estado de ánimo era el único que importaba —la miró detenidamente. Estaba sentada con los ojos muy abiertos y clavados en él—. ¿Ningún comentario ingenioso, Mattie? Estoy sorprendido.

—Nunca hablas de tu pasado —se limitó a decir ella—. Solo de lo que tienes.

Él lo encajó como una bofetada, aunque no estaba seguro de que lo fuese. Aun así, le dolió.

—A medida que crecía, mi padre fue interesándose por mi forma de ser.

Él se cruzó de brazos y la miró, pero solo podía ver aquel piso pequeño y abigarrado y al hombre irascible que lo dominaba con su genio y sus crueldades, con su capacidad para encontrar defectos en todo.

—Me dijo que podía oler las mentiras —siguió él—. Cuando las olía, me las sacaba a golpes.

–Entonces, los dos somos unos mentirosos.

A él le pareció que ella lo había dicho con más cariño del justificado.

–Le gustaba dar lecciones que subrayaba con los puños. Tenía unas ideas muy claras de lo que estaba bien y lo que estaba mal. Ni que decir tiene que yo era una decepción para él en todos los sentidos.

Ella dejó escapar algo parecido a un suspiro.

–Cuesta imaginarte sometido a los caprichos de otra persona, y mucho más que fueses una decepción para alguien.

No quería seguir con eso, quería indagar en ese tono delicado de la voz de ella, quería fingir que nada de eso le importaba, quería entregarse a ella y dejar que eso no diera más de sí. Al fin y al cabo, casi no daba más de sí. Casi. Sin embargo, quería más que ese «casi». Había aceptado el «casi» durante toda su vida; de sus padres, de Arista, de Mattie. Ya no podía aceptarlo más.

–Afortunadamente, mi padre no estaba siempre con nosotros –siguió él en cambio–. Desaparecía a menudo durante semanas. Mi madre me decía que estaba trabajando y que nos quería mucho, como si creyera que tenía que consolarme, pero la verdad era que yo prefería que él no estuviera. La única vez que mi madre me pegó fue cuando lo dije en voz alta.

–No quiero meterme donde no me llaman –comentó ella–, pero tampoco puedo decir que esté formándome una idea muy positiva de tus padres.

Él vio el rostro increíblemente hermoso de su madre, esos resplandecientes ojos negros y esa melena que se cepillaba y se cuidaba durante horas. Vio las cremas que solo se ponía cuando no estaba su padre y las bebidas que le gustaban y que mezclaba con el alcohol que, si no, solo servía cuando estaba él. Podía verla, hermosa y frágil, mirando por la ventana como si esperara un barco, aunque desde su casa no se veía el mar y la única visita que recibían era su padre.

–Un día, cuando tenía doce años, decidí seguir a mi padre cuando se marchaba –siguió él porque no podía parar–. No recuerdo por qué. Me gustaría pensar que él se había delatado de alguna manera, pero me temo que la verdad es que tenía doce años y estaba aburrido. Ese año había ido cada vez menos, y cuanto menos iba, más se alteraba mi madre. Lo sobrellevaba bebiendo y encerrándose más y más en su mundo de ensueño.

–¿Quién se ocupaba de ti? –preguntó ella.

–¿Tu padre se ocupaba de ti mientras dirigía Whitaker Industries? –preguntó él con una sonrisa–. Supongo que no.

–Tuvimos una serie de niñeras magníficas –contestó ella levantando la barbilla–. Y un ama de llaves fantástica que era como de la familia para Chase y para mí.

–Mi madre no trabajaba, pero contaba historias de cuando limpiaba casas antes de que naciera yo. No había ni niñeras ni amas de llaves. Yo me ocupaba de mí mismo. Ese día, sin embargo, seguí a mi padre hasta la colina donde las casas eran más grandes y más bonitas.

Sin darse cuenta, fue hasta el ventanal y se quedó de espaldas a la cama porque no sabía qué haría si ella seguía mirándolo con tanta dulzura. No sabía qué pasaría con su convencimiento, con su intención, con él.

–Cuando miré por la ventana de la casa donde había entrado –siguió él como si hablara tanto al mar como a la mujer que tenía detrás o a su memoria–, vi que tenía otra familia. No lo entendí al principio, no conseguía darle sentido. Había una mujer y tres niños. Uno era más o menos de mi edad y todos lo llamaban *babá*, que significa papá en griego.

Jamás había dicho eso en voz alta e, incluso en ese momento, se negaba a reconocer que lo desgarraba, que todavía, después de tantos años, podía sentir aquella traición en carne propia. Ella resopló como si le doliera por él y, para su desgracia, le habría gustado que fuese verdad.

–No sé cuánto tiempo los observé a través de las ventanas. Iba todos los días y, observándolos, aprendí a desearlo todo. Las fiestas que parecían aburrirlos, los preciosos juguetes que ellos parecían no agradecer, la casa enorme con habitaciones que ellos no pisaban durante días.

Se dio la vuelta para mirarla y apoyó un hombro en la pared que había al lado del ventanal. Seguía sentada en el mismo sitio y estaba más hermosa que nunca. El pelo negro le caía despeinado por la espalda, la boca parecía saqueada y los ojos le brillaban por la emoción. La deseó con toda su alma, como siempre la había deseado. Como había deseado esa otra vida que había vislumbrado por las ventanas de su padre. Debería estar de vuelta de todo, estaba de vuelta de todo, y, aun así, allí estaba. Era como si, después de todo, no hubiese aprendido nada.

–La siguiente vez que mi padre me pegó por mis supuestas mentiras, le pregunté por aquello –Mattie frunció el ceño como si supiera lo que se avecinaba–. Sabía que era un secreto, pero yo no tenía secretos, él se había encargado de eso. Por eso, ni se me ocurrió pensar en los motivos que podía haber para que fuese preferible no desvelar los secretos como ese.

–Nicodemus –dijo ella con delicadeza, como si pudiese ver su remordimiento y la furia que le quedaba–, pasara lo que pasase, eras un niño.

–Tenía doce años, no era tan niño, al menos, donde yo me crie. Además, sí era lo bastante hombre como para recibir la espantosa paliza que me dio mi padre por dudar de él, por seguirlo y por delatarlo. Yo era su pecado, la encarnación de la traición a su esposa con la sirvienta que había limpiado su casa. Fue muy hipócrita cuando me dijo que había acudido todos esos años solo para intentar lavar esa mancha de mi alma, para ayudarme a que fuese un hombre mejor porque, si me hubiera dejado abandonado a mi suerte, me habría convertido en una ramera como mi madre –no dejó de mirar a Mattie ni se quebró cuando ella hizo una mueca de disgusto al oír esa palabra–. Me obligó a que se lo agradeciera mientras estaba sangrando en el suelo, se marchó y no volvió nunca más.

–¿Nunca? –preguntó Mattie sin disimular la sorpresa–. ¡Era tu padre!

–Peor todavía, dejó de mantenernos. Eso significó que tuve que dejar el colegio para trabajar donde pudiera y que mi madre soñadora, inútil y frágil tuvo que trabajar en las fábricas, de hilo sobre todo, y eso la mató.

Ella no dijo su nombre, pero dejó escapar un sonido desgarrador que hizo que sintiera unas ganas casi insoportables de abrazarla.

–Cuando fui a la impresionante casa de mi padre para pedirle ayuda porque mi madre había sufrido un colapso, él hizo que me detuvieran.

Le pareció increíble lo distante que podía parecer, como si le hubiese pasado a otra persona, pero todavía podía sentir el pie de su padre en el cuello y las manos de sus guardias de seguridad mientras lo tenían tumbado boca abajo en el suelo. Todavía recordaba el olor apestoso y el griterío de aquella celda infame.

–Mi madre murió mientras estaba encerrado y, cuando salí, dediqué mi vida a ocuparme de que nadie pudiese emplear su riqueza o su poder para dominarme y de que nadie volviera a mentirme a la cara. Tenía dieciséis años y me mantuve firme hasta que, a los veinte, cuando estaba ufano de mí mismo y del dinero que había ganado comprando y vendiendo solares, perdí la cabeza por la hija del jefe.

—Nicodemus... –dijo ella con esa voz ronca y entrecortada que iba a ser la perdición de él.

—Se llamaba Arista y era muy guapa. Me cegó. Se llevó mi dinero y mis halagos y le gustaba lo que le hacía en la cama, pero, cuando llegó el momento de casarse, eligió a un chico rico de su círculo social y se rio de mí porque había esperado algo más. Yo era algo que se le había pegado a la suela del zapato, nada más. Creí que por fin había aprendido la lección.

Ella lo miró un rato y él deseó que las cosas fuesen distintas, pero desearlo solo le había dado problemas. Sonrió con cierta amargura.

—Entonces, vine a Estados Unidos y te vi a ti. Eras todo lo que había deseado siempre, más de lo que me había atrevido a soñar. Tu padre me trató mejor que mi propio padre y veía la pasión en tus ojos cuando me mirabas. Supe que eras la que quería. Tú y nadie más.

Ella se agitó un poco y lo miró a los ojos con nerviosismo.

—Querías a una chica guapa que viste bailando en una fiesta –replicó ella midiendo las palabras–. Yo podría haber sido cualquiera, podría haber sido esa chica de Grecia. No sabías nada de mí, sigues sin saberlo.

—Te amo –reconoció él porque ya no tenía sentido seguir fingiendo y, además, daba igual–. Y todo lo que me has dicho siempre es mentira.

Ella se quedó sin respiración y se sonrojó, abrió la boca y volvió a cerrarla. Él vio todo un mundo de desdicha en sus ojos. Ella no dijo nada, pero él tampoco había esperado otra cosa.

—Cuando digo que no puedo tolerar a los mentirosos, Mattie, lo digo en serio. Me refiero a esto, me refiero a ti.

Todo se había oscurecido a pesar de la luz dorada que iluminaba la habitación. Todo era desgarrador y severo y ella lo miraba como si le hubiese roto el corazón y la hubiese partido por la mitad. Él deseó que, efectivamente, lo hubiese hecho, que pudiera hacerlo, que ella sintiera algo por él, aunque sabía con certeza que eso solo empeoraría las cosas.

—Dime la verdad —siguió él en un tono tajante—. No volveré a preguntártelo.

Era como si mil palabras se le amontonaran en la garganta, se convirtieran en las lágrimas que le escocían en los ojos y fueran un veneno que le corría por las venas, pero ella no se atrevía a decir nada porque sabía que, si empezaba, no pararía. La idea de vaciarse como había hecho Nicodemus, de soltar todas las cosas atroces que había llevado dentro durante todo ese tiempo, aumentaba como una oleada arrasadora. No podía hacerlo. Prefería que él la odiara por todas las cosas que creía saber de ella a decirle la verdad y ver ese odio reflejado en su rostro. Contuvo la oleada de pánico y se bajó de la cama. Entonces, dejó caer la sábana y Nicodemus la recompensó conteniendo la respiración ruidosamente.

—No me vengas con jugarretas —le avisó él—. Ya sabes lo que pasó la última vez que intentaste manipularme con el sexo y no te gustó.

Sin embargo, ella solo se fijó en que él no se había movido de al lado del ventanal. Había dicho que la amaba y esas palabras daban vueltas dentro de ella cada vez más deprisa, hasta que le pareció que ella no era nada más que esas palabras... y todo lo que no podía decir.

Se acercó a él llevada por ese magnetismo que bro-

taba cuando él estaba cerca, y que, en ese momento, ya
sabía lo que significaba, lo que prometía.

–Mattie, solo dime la verdad, cualquier verdad, maldita sea.

Él le tomó las manos cuando ella las habría puesto
sobre su piel desnuda. Volvía a estar serio y sombrío y
se sintió tan atraída hacia su oscuridad como a su luz,
atraída en cualquier caso, pero no podía hacer lo que le
pedía, no sabía cómo hacerlo. Siempre había luchado
contra él y había mentido, como le reprochaba él, pero
no había sido una estrategia, solo había sido para sobrevivir, como lo era eso. Se derritió contra él, le besó el
antebrazo y se sorprendió cuando notó que se estremecía. Se inclinó hasta que los pechos se estrecharon contra su pecho y sonrió cuando él soltó una ristra de maldiciones en griego.

Él le soltó las manos y ella le dijo las verdades que
sabía de la única manera que podía hacerlo. Lo amó con
la boca, con los dedos y con las mejillas en su abdomen.
Lo amó como, en ese momento, sabía que lo había
amado siempre. Él había proyectado su sombra sobre
los últimos diez años de su vida y, por fin, entendía por
qué. Por qué había esperado ella, por qué había tenido
novios y nunca había dado el último paso, por qué había
salido corriendo cada vez que veía a Nicodemus. Era
eso. Las cosas que él quería eran intransigentes, estimu-
lantes. Las cosas que sentía ella eran igual. No podía
abrirse, no se atrevía, pero sí podía darle eso.

Le mostró todo lo que se escondía en su corazón, lo
que nunca se atrevería a decir en voz alta. Lo colmó de
belleza, espanto y dulzura, del deseo abrasador que él
le había enseñado con tanta destreza. Lo tumbó en la
cama y no dejó ni un rincón de su cuerpo intacto, como
si pudiese transmitir todo lo que sentía a su piel, como si
pudiera tatuárselo con la boca, como si eso fuese mejor

que la verdad que él quería. Entonces, cuando la tensión era insoportable, se montó encima de él e hizo una mueca levísima al introducírselo dentro.

–Es demasiado –comentó él entre dientes, aunque ella sabía que estaba al límite–. Esto es nuevo para ti.

Ella se limitó a mirarlo a los ojos y empezó a moverse con un ritmo lento y cauteloso, hasta que, cuando estuvo más cómoda, aceleró el ritmo. Él la agarró de las caderas y siguió su ritmo con acometidas profundas y maravillosas. Ella tuvo que morderse los labios para no decir que eso era mejor que la verdad a secas. Eso era verdad en sí mismo y él tenía que sentirlo, tenía que saber todo lo que sentía ella aunque no pudiese decirlo, tenía que entender hasta qué punto lo amaba. Esa vez, cuando ardieron en esa llamarada, volaron juntos por encima de ese límite deslumbrante.

Sin embargo, cuando se despertó después de haber dormido, asombrosamente, sin interrupciones, el día era soleado y perfecto al otro lado del ventanal, había una sirvienta que trabajaba con eficiencia y alegría en la cocina, aunque ella habría preferido que no estuviera, y Nicodemus había desaparecido.

# Capítulo 9

TODA su vida se burlaba de él. Había firmado documentos llevado por la furia cuando volvió de Grecia para zanjar la fusión entre Stathis Corporation y Whitaker Industries, a pesar de que lo que había querido de verdad era haber volado a Londres para partirle la cara a Chase Whitaker porque él era lo más cercano que había en el mundo al gran Bart. Todavía no sabía cómo había conseguido contenerse, cómo había conseguido llegar a su oficina de Manhattan sin causar un incidente internacional, así de furioso estaba cuando abandonó su isla.

En ese momento, estaba en esa casa de Nueva York del West Village que había comprado y reformado hacía años y a la que llamaba su casa cuando su casa de verdad debería estar en Atenas, cerca de la sede central de su empresa. Estaba de un humor sombrío y peligroso, como la tormenta otoñal que azotaba la ciudad con el mismo frío penetrante que sentía él por dentro.

Todo era por ella y lo percibía como una de sus risas burlonas que lo iluminaban y desgarraban a la vez. Tenía que olvidarse de todo eso, se ordenaba a sí mismo una y otra vez, aunque sin resultado. La cruda realidad era que todo lo que hacía y había hecho durante años giraba alrededor de Mattie Whitaker y le enfurecía no haberse dado cuenta ni cuándo estaba haciéndolo. Le corroía no haberla visto nunca como era. Al principio, quizá, había sido algo inconsciente, había querido a una mujer como ella y había admirado a su padre, el primer hombre que lo había tratado como algo más que un despreciable arribista, que lo había animado para que se educara y le había dado las herramientas para que lo hiciera. Sin embargo, había dejado de fingir en un momento dado y estaba casado con una mujer en la que no podía confiar, y atado con mil nudos legales a la empresa de su familia. Dejó escapar algo parecido a una risa.

Además, era virgen. No podía creérselo todavía. Todavía no podía asimilar todas las implicaciones de lo único que no podía ser mentira, que ni ella podía fingir. No sabía qué era peor, si su absoluta incredulidad, porque su virginidad significaba que no la conocía tan bien como creía, o esa parte primitiva de sí mismo que quería reclamarla como suya para siempre. La noche había caído sobre Manhattan y la había cubierto con un manto oscuro que parecía casi agradable desde el despacho que tenía en el segundo piso de la casa, a pesar de la lluvia que seguía cayendo. No hizo caso de los insistentes pitidos del ordenador portátil que le anunciaban los correos electrónicos que iban entrando sin parar ni del zumbido del móvil. Miró fijamente la oscuridad fría y húmeda y se atormentó. Solo veía imágenes ardientes que pasaban una detrás de la otra. Mattie que lo besaba, que le recorría el cuerpo con la boca, que lo seducía y esclavizaba. Mattie a horcajadas sobre él y que los arrastraba a ese placer deslumbrante y abrasador. Mattie, Mattie, Mattie, siempre Mattie, como desde que la vio con aquel vestido largo en aquel baile, tan resplandeciente que había eclipsado al resto del mundo.

Entonces, la verdad de todo le golpeó e hizo que casi sintiera náuseas. Después de tanto tiempo intentando no convertirse en un hombre como su padre, no había caído en la cuenta de que debería haberse defendido contra la influencia de su madre porque, en realidad, no era tan distinto de su triste y repudiada madre. Ella le había enseñado a consumirse, a esperar a alguien que nunca le correspondería. Arista solo había sido un ensayo. Se había construido una vida alrededor de las esperanzas y los sueños sobre Mattie.

—¿Cómo puedes plantearte aceptarlo otra vez después de todo esto? ¿Cómo puedes llorar por él? —le había preguntado a su madre después de aquella última escena con su padre, cuando su madre seguía con su ayuno y su régimen de belleza como si fuesen rituales que se lo devolverían.

—El corazón es mucho más indulgente de lo que te imaginas —le había contestado ella mientras se cepillaba el pelo—. Y mucho más maleable.

Él la había odiado por eso, pero podía entenderlo y aceptarlo en ese momento, después de tantos años, después de haberse vengado cumplidamente, de haberle arrebatado a su padre su empresa y casi toda su fortuna, después de haber superado ampliamente al hombre que los había destrozado. ¡Cuánto la había odiado! Casi tanto como la había querido, con la misma impotencia, incapaz de arreglar lo que se había roto dentro de ella ni de salvarla después de que su padre los hubiese abandonado.

—No volverá nunca —le había dicho cuando acabó hospitalizada y se empeñó en que él la vistiera con algo más bonito que la ropa del hospital—. Le da igual si vivimos o no.

—El amor no es siempre una línea recta, Nicodemus —había replicado ella con un hilo de voz.

Una voz tan débil que había sabido, antes de que los médicos se lo confirmaran, que le quedaba muy poco tiempo de vida. Tenía dieciséis años y el remordimiento que sintió por lo mucho que había odiado su transigencia, su optimismo pertinaz, lo había llevado a visitar a su padre por última vez. Acabó un mes encerrado y su madre había muerto sola.

No podía quitarse esos fantasmas de encima. Se sentía como si volviese a ser aquel niño de doce años que, atónito y desdichado, miraba a través de las rejas de una casa preciosa en una colina encima del Pireo. Había hecho exactamente lo que se propuso hacer entonces. Tenía las casas, los juguetes caros, todo lo que deseaba, como soñó cuando vio la verdadera vida de su padre, cuando comprendió que su madre y él eran un secreto inconfesable. Sin embargo, se había olvidado, o había decidido olvidar, de que el corazón que latía en su pecho era más blando. Tan necio y suicida como había sido el de su madre.

—Tienes que acabar con esto.

Oyó el eco de sus palabras y se dio cuenta de que lo había dicho en voz alta. Soltó una ristra de maldiciones y se levantó de la mesa sin hacer caso de la llamada que sonaba en el móvil, sin importarle las horas de trabajo que se había saltado, sin importarle nada salvo esa oscuridad que sentía dentro y que deseaba poder arrancarse con las manos. Que deseaba... Todavía deseaba y comprendió que ese era el problema, que quizá lo hubiese sido siempre.

Tenía que decidir qué iba a hacer con Mattie. Lo pensó en otra casa que se había hecho con la esperanza de que, algún día, ella viviera allí con él. Era la primera vez en diez años que tenía alguna duda. Siempre había sabido perfectamente qué hacer con ella, siempre había tenido un plan. Los detalles del plan habían ido cambiando a lo largo de los años, pero, en esencia, siempre era lo mismo; aislarlos a los dos del resto del mundo y dejar que esa química disparatada hiciese el resto. Siempre había pensado que eso sería suficiente.

Sin embargo, ya se había deleitado con su inocencia. Había visto verdades en sus preciosos ojos que ella se negaba a decir en voz alta. La había aliviado durante sus pesadillas y la había tenido en sus brazos mientras gritaba. La había visto rebelarse y entregarse, y no sabía qué le había gustado más. La había amado desde la distancia durante diez años y la amaba todavía más en ese momento. Aun así, daba igual. No podía confiar en ella, no la creía. Estaba hecha de secretos y mentiras y él sabía perfectamente a dónde llevaba eso. Lo cual significaba que, independientemente de todos esos años, de las cosas que había hecho para que llegaran hasta allí, de lo necio que había sido por permitirse soñar los sueños que había soñado, tenía que encontrar la manera de dejar que ella siguiera su camino.

—Algo habrás hecho —dijo Chase al otro lado del teléfono.

Su voz tenía un tono de enfado y un acento británico más marcado. Mattie quiso abofetearlo aunque estuviese en su despacho de Londres. Sin embargo, era su hermano mayor, la única familia que le quedaba, y él no tenía la culpa de nada. Tampoco era culpa suya, se recordó a sí misma, aunque, naturalmente, eso dependía de lo que estuviesen hablando y con quién.

Se encontraba en la sala de su apartamento de Manhattan, que, como no estaba Nicodemus, volvía a tener el mismo tamaño de siempre. Su ausencia era un dolor muy intenso y penetrante, insoportable aunque no fuese nada nuevo. Se arrepintió de haber contestado la llamada de su hermano.

—¿Quieres un análisis detallado de cómo he cumplido con mis obligaciones como la novia por conveniencia de Nicodemus? Te aviso de que algunas partes

son un poco descarnadas. Es lo que pasa en los matrimonios, sean concertados o no. ¿No lo sabías?

Era fácil poner un tono desenfadado y sereno porque
no había sentido nada desde que Nicodemus la había
abandonado para que volviera de la isla por sus propios
medios. No había sentido absolutamente nada cuando
Chase la llamó ni cuando los periódicos hicieron conjeturas sobre su matrimonio. Era una pieza de cristal
dura y lisa, impermeable al dolor.

—No me interesa esta pesadilla —contestó Chase en
voz baja.

Ella estuvo a punto de fingir que no lo había oído,
pero sentía esa serpiente venenosa que la desgarraba
por dentro y que estaba dispuesta a atacar, y Chase era
la presa perfecta.

—Te pido disculpas porque el matrimonio que me con-
certaste por motivos empresariales no haya sido muy
feliz. Recordarás lo ilusionada que estaba. ¿Quién podía
haber previsto que esto iba a suceder? —ella hizo una
pausa como si fingiera pensar la respuesta—. Bueno, yo
lo previ.

Chase suspiró por su tono sarcástico y ella agarró el
teléfono con tanta fuerza que los anillos se le clavaron
en la piel, aunque sabía que no estaba furiosa con su
hermano. Él no tenía la culpa de todo lo que había pasado en la isla, de las cosas que no podía contarle ni a
él ni a nadie. Las cosas que ni siquiera en ese momento
estaba preparada para reconocerse a sí misma.

—Hablé con Nicodemus hace tres días y no dio ningún indicio de que algo fuese mal en vuestro matrimonio —replicó Chase con cierta impaciencia, algo que alteró más eso que sentía por dentro—. Es más, ni siquiera
hablamos de ti.

—Entiendo. Eso debe de significar que el último mes
de mi vida ha sido una alucinación.

Oyó el ruido de unos papeles y que él tecleaba algo. Sintió un arrebato de furia injustificado porque Chase podía trabajar tranquilamente mientras ella estaba desgarrada. Aunque, la verdad, no se lo había reconocido a sí misma desde que volvió de Grecia hacía una semana. No se había permitido pensar algo así mientras se adaptaba a la vida que había dejado allí, en la que todavía encajaba como un guante, o eso quería pensar. Sin embargo, no era menos verdad por eso.

–Ahora que lo pienso, parecía especialmente centrado en el trabajo –comentó Chase casi a regañadientes–. Normalmente, es un poco más simpático, solo un poco.

Ella esperó, pero Chase no le dijo nada más. Mattie se dio cuenta de que estaba apretando los dientes.

–Gracias –dijo ella con delicadeza, aunque estaba destrozada por dentro–. Te escribiré una nota y la próxima vez que lo veas o hables con él puedes dársela. Así, podemos jugar a que todos estamos en el colegio.

–Mattie...

–No quiero oír lo que estás a punto de decir –le interrumpió ella en un tono que no se parecía nada a un cristal duro y liso–. Hice lo que quisiste que hiciera y tú ni siquiera tuviste el detalle de acudir a presenciarlo. Además, si hoy he contestado tu llamada ha sido porque creí que debías saber cuál es la situación entre Nicodemus y yo. Neciamente, me preocupaba que pudiera afectar a la empresa. Me alegra saber que, aunque Nicodemus haya incumplido un par de promesas conmigo, todo sigue bien en lo que se refiere a la empresa –se rio, pero no fue un sonido muy agradable–. Eso es lo único que importa, como siempre.

–No es lo único que importa –replicó Chase en un tono más duro y frío que nunca–, pero sí es lo único que nos queda. Si eso no significa nada, Mattie, no sé qué significa algo.

No era lo único, era una empresa, no eran ellos. Se dio cuenta de que, sencillamente, era desdichada. Había dejado que esa realidad fuese dominándola hasta que casi no se reconoció, como si la hubiese cambiado de arriba abajo, como si la hubiese alterado. Tuvo ganas de tirar el teléfono para estrellarlo contra la pared. Tuvo ganas de hacerse un ovillo y llorar durante días, como solo había hecho una vez en su vida. Había sido una mentirosa casi toda su vida porque había una verdad que no podía contar y se preguntó por qué no se habría dado cuenta nunca de que mantener ese secreto la había cambiado completamente, la había convertido en una mujer que no podía mirar al hombre que amaba sin que le diera miedo reconocérselo. Fue como un mazazo, como los latidos del corazón de Nicodemus debajo de su mano, como otra verdad que no podía decirle a él, que no podía decir en voz alta, que no podía permitirse creer.

—¿Piensas en aquel día?

Se lo preguntó a Chase porque ellos fueron quienes quedaron. La empresa era secundaria, o debería haberlo sido. El silencio de su hermano le indicó que sabía a qué día se refería y que, además, pensaba en él. Sin embargo, no habían hablado de eso durante veinte años, desde que sucedió, y ella no quería seguir teniendo ese remordimiento que siempre la había convencido de que había tenido la culpa de que su relación hubiese sido distante y tensa, de que ella tenía la culpa de que fuesen así.

—Me doy cuenta de que estás molesta, Mattie, pero no sé qué sentido tiene revivir esos fantasmas del pasado.

—Entiendo que no te despiertas todas las noches gritando, llamándola una y otra vez.

—¿A dónde quieres llegar? —ella nunca le había oído ese tono, como si algo estuviera desgarrándose dentro de él también–. ¿Qué se puede sacar en claro? Siento de verdad que tengas pesadillas, pero arrastrarnos por esa ciénaga solo va a...

–No entiendo por qué mentimos y dijimos que no estábamos allí –susurró ella porque ya no podía parar–. ¿Qué sentido tenía eso?

–Tú tenías ocho años y yo, trece. Creo que no recordamos lo mismo. Fue un acto de bondad con ella, y con nosotros.

–Ya no tengo ocho años, Chase. Dime lo que recuerdas.

–Nuestra madre murió delante de nosotros, en el arcén de la carretera –ella no supo lo que captó en su voz; dolor, el mismo espanto que sentía ella, furia y algo mucho más sombrío–, pero nosotros estamos vivos, no sé qué más quieres.

–Quiero la verdad.

No debería haberle sorprendido que le temblaran las piernas y que tuviese que sentarse, que pareciera como si el mundo estuviese derrumbándose a su alrededor y ella no quisiera saber por qué, o quizá le diese miedo que ya lo supiera.

–Déjalo, Mattie. Es preferible no dar la vuelta a algunas piedras –insistió él en un tono tajante.

Parecía un hombre completamente distinto, sombrío y descarnado, y eso lo cambiaba todo, la cambiaba a ella. Aunque quizá la hubiese cambiado Nicodemus. No le sorprendió que Chase pretextara que tenía otra llamada y que cortara la comunicación. Ella se quedó mucho tiempo sentada donde estaba. Había estado protegiendo algo que no entendía del todo desde que tenía ocho años. Había sido rehén de esos recuerdos. La única forma de serlo y seguir viviendo había sido mantener la distancia con cualquiera que se acercara. Si nadie se acercaba, nadie llegaría a conocerla y nadie le haría daño como se lo hicieron el día que perdieron a su madre. Nadie se enteraría de cosas que no tenía por qué saber, cosas tan espantosas que su relación con su padre y con Chase no había vuelto a ser la misma desde aquel día. Sin embargo, Nicodemus nunca se había mantenido alejado, hasta ese momento. Sacudió la cabeza como si quisiera aclarársela y comprendió que, en parte, por eso se sentía vacía y desdichada. Él no estaba allí, y lo había estado siempre desde hacía diez años. Si no delante de ella, muy cerca. Ella lo había sabido, lo había esperado e, incluso, quizá hubiera llegado a depender de ello. Él se había ocupado de eso, había sido algo omnipresente en su vida, había sido inevitable, como el paso del otoño al invierno, había sido inexorable, había sido... Nicodemus. Él había presionado y presionado y para ella había sido muy fácil rechazarlo... No sabía qué hacer, le había entregado todo a él, más de lo que había entregado a nadie, pero no era suficiente. Además, cuando se había resistido, como había hecho siempre, él había desaparecido, había dejado que ella se cayera de bruces, la había dejado, por fin, como ella siempre había dicho que quería que la dejara. Después de todo, no debería haberle sorprendido tanto que él tuviera razón, era una mentirosa. Era dura y lisa como si fuese de cristal, pero se sentía rota.

Mattie esperó en la moderna sala de espera de su oficina.

–El señor Stathis puede tardar –le había advertido con amabilidad la recepcionista desde su mesa alta y curva–. No le gustan las visitas.

–El señor Stathis me recibirá –replicó ella con un convencimiento que no sentía.

–Tengo que saber su nombre.

–Se lo diré otra vez –ella levantó la voz para que pudieran oírla todos los que estaban allí–. Dígale que sus actos han tenido consecuencias y que están aquí sentadas.

La mujer apretó tanto los labios que casi desaparecieron, pero no dijo nada. Ella esperó, ojeó en el móvil algunas revistas que se hacían eco del rápido final de su precipitado matrimonio e intentó parecer tan segura de sí misma y relajada como quería aparentar, como se había vestido. Una vez más, se había vestido para él. Tacones de vértigo muy poco apropiados para las aceras mojadas y resbaladizas de Nueva York en otoño, una falda de tubo y una camisa de seda que se le ceñía al torso, pero que no dejaba ver nada que un posesivo marido griego no quisiera que se viera. Al menos, esperaba fervientemente que siguiera siendo posesivo y su marido. Si no, esa reunión iba a ser mucho más devastadora de lo que estaba preparada para soportar.

Aun así, pasó mucho tiempo antes de que la sala de espera se quedara en silencio. Ella se sentó un poco más recta, pero no levantó la mirada. Oyó una conversación rápida y en voz baja, en una voz que ella conocía muy bien y le ponía la carne de gallina. Notó los abrasadores ojos oscuros que se clavaban en ella desde el extremo opuesto de la habitación, pero no levantó la mirada hasta que se puso justo delante de ella y tuvo que inclinar la cabeza hacia atrás. Llevaba un traje oscuro que hacía que pareciera el rey del mundo. No sonreía y sus ojos eran fríos, nunca los había visto tan fríos. Esas dos cosas le dolieron y ella no supo qué hacer.

–¿Estás embarazada? –le preguntó él sin amabilidad ni delicadeza.

Ella no se sonrojó ni miró alrededor. Conocía a Nicodemus y sabía que no lo habría dicho si hubiese alguien escuchando. Al menos, esperaba conocerlo.

–No –contestó ella con una serenidad que estaba lejos de sentir.

–Entonces, no entiendo qué consecuencias exigen mi presencia cuando tú quieres y justifican tu teatral aparición.

Esa vez, sí miró alrededor y comprobó que, como debería haber esperado, él había despedido a la recepcionista y había vaciado la habitación.

–No estoy contenta contigo.

Él apretó los dientes.

–Te prometo que lloraré por eso hasta que me duerma, Mattie, pero, entretanto, tengo que dirigir una compañía y una fusión con la empresa de una familia desagradecida, y que ya lamento tener que supervisar. Por eso dejé en Grecia tus mentiras y tu histrionismo.

–Además, me acosté contigo.

Ella se dio cuenta de que él no se lo había esperado. Entrecerró los ojos y la miró con el ceño fruncido. A ella le pareció preferible que esa frialdad.

–Gracias, pero mi memoria todavía funciona perfectamente.

–Tengo veintiocho años y solo me he acostado contigo –ella se levantó para, gracias a los tacones, poder mirarlo a los ojos–. Me concediste una noche y desapareciste.

–Tengo entendido que les pasa lo mismo a muchas jóvenes en esta ciudad sucia y oscura –replicó él en un tono inflexible y amenazante–. Deberías considerarte afortunada porque no hice que vinieras andando desde Grecia.

–He esperado mucho para tener relaciones sexuales –ella mantuvo la cabeza alta y lo miró a los ojos–. Quiero más, pero estoy casada contigo y, si fuera a los bares, como hacen muchas jóvenes en esta ciudad grande y perversa, estaría cometiendo adulterio.

–Y te mataría.

–Entenderás mi dilema.

Él la miró fijamente durante un rato, hasta que la agarró del brazo. Ella sintió una llamarada. Tenía que pasarle algo para que se derritiera incluso por un contacto como ese, pero le daba igual, estaba disfrutando demasiado.

–Una vez más –replicó Nicodemus en ese tono peligroso que la alteraba–, juegas con cosas que no puedes entender.

–Juega conmigo o jugaré con quien me apetezca. Esas son tus alternativas, Nicodemus, aunque digas que no te doy ninguna.

La agarró del brazo con más fuerza y la llevó por el pasillo hasta su enorme despacho con una vista de toda la ciudad. Cerró la puerta y le soltó el brazo, pero ella todavía podía sentir sus dedos como si se los hubiese marcado a fuego en la piel.

–No sé qué voy a hacer contigo, pero no espero tener relaciones sexuales como un animal.

–No como un animal –replicó ella fingiendo cierta indignación–. A no ser que creas que es divertido, claro. Estoy dispuesta a probarlo todo, incluso los azotes, creo.

Él sacudió la cabeza, se apoyó en la inmensa mesa de granito y se colocó bien la corbata, aunque no hacía ninguna falta. Parecía triste y cansado y ella sintió que se le encogía el corazón.

–Ya no quiero jugar contigo –comentó Nicodemus con demasiada tranquilidad–. Durante mucho tiempo, creí que esto era un juego y que sabía cómo ganarlo, pero estaba equivocado. No estoy acostumbrado y es posible que me cueste adaptarme.

Ella había esperado acusaciones, rabia y acaloramiento, no eso. Además, no sabía qué hacer con ese hombre, salvo repelerlo.

—¿Esto significa el divorcio o no al divorcio? No te sigo, aunque tu huida de Grecia parece indicar lo primero. Sueles ser más directo.

—No huí —la corrigió él entrecerrando los ojos con una rabia que no se reflejó en la voz—. Tenía trabajo y seamos sinceros, Mattie, aunque te cueste un poco. No puedes darme lo que quiero.

Si le hubiese clavado un hierro al rojo vivo en el pecho, no le habría hecho más daño. Él lo vio y sacudió la cabeza como si también le hubiese dolido.

—No quiero hacerte daño —siguió él en un tono menos frío—. Es posible que fuese injusto por querer las cosas que te exigía. No lo sé. Es posible que tuvieses razón cuando me dijiste que cualquier chica guapa me habría servido. No puedo recuperar nada de eso, pero sí puedo dejar de perseguir a una persona que no existe.

Eso fue peor, hizo que la desdicha que había sentido sin él se disipara y no supo qué fue lo que ocupó su lugar, solo supo que se parecía mucho a la desesperanza.

—¿Y qué debería hacer yo? —preguntó ella.

No entendió por qué le había salido una voz tan gritona y tan apagada a la vez hasta que notó las lágrimas que estaban cayéndole por las mejillas. Después de tanto tiempo, estaba llorando delante de ese hombre y no podía atribuirlo a una pesadilla, pero le daba igual.

Nicodemus parecía esculpido en piedra apoyado en la mesa y con la ciudad a sus pies. Su mirada era sombría y turbadora, pero no se movió.

—No lo entiendo —comentó él después de un rato—. Creía que te alegrarías. Llevas años deseando que te deje en paz.

—Pero no lo hiciste. Siempre estabas ahí, presionándome, y me acostumbré. ¿Qué puedo hacer cuando intento repeler esa presión y no hay nada?

Él la miró tan fijamente que ella creyó que lo había

emocionado, pero sacudió una vez la cabeza, como si estuviese despertándose.

–No quiero pasar más tiempo amando a alguien que me inventé en la cabeza –él pareció desgarrado al decirlo y ella se sintió como si estuviese haciéndose mil pedazos–. Sé cómo acaba, sé lo que pasa. No puedo hacerlo otra vez.

Había ido elevando la voz a medida que hablaba, más como el Nicodemus que ella conocía y menos como ese ser de piedra y reproches. Fue absurdo, pero sintió una esperanza deslumbrante, como un resplandor dentro de ella.

–Eso es mentira, y sé mucho de eso –replicó ella secándose las lágrimas y mirándolo a los ojos–. Tienes miedo.

# Capítulo 10

C ÓMO dices? –preguntó él en tono de advertencia.
–Ya me has oído –contestó ella sin hacerle caso–.
¿Qué ha sido del Nicodemus que me dijo que
nuestro matrimonio era para toda la vida y que tendríamos hijos?

–También te dije que no habría secretos, pero eres incapaz. Prefieres tus artimañas, intentar eludir algo sincero manipulándome con el sexo.

–Tú haces lo mismo.

Se hizo el silencio y ella pudo oír los latidos desbocados de su propio corazón. Nicodemus se separó muy lentamente de la mesa sin dejar de mirarla y le recordó lo letal que podía ser.

–Sabes que también lo haces –siguió ella–. Si yo he utilizado el sexo, tú también. Que creas que tienes motivos distintos no cambia nada. Es la misma artimaña.

–No lo es ni mucho menos.

–Se ha repetido el mismo esquema desde el principio. Tú me presionas y yo repelo la presión. Lo hemos hecho una y otra vez durante años. No tenías ningún motivo para pensar que algo iba a cambiar cuando fuimos a la isla, pero resultó que yo no era quien creías que era. Si yo era virgen, tú no podías quedarte tan tranquilo en tu superioridad moral.

–No puedes tergiversarlo a tu conveniencia, Mattie –replicó él en tono severo–. Eso no hace que sea verdad.

–Podríamos haber planteado este matrimonio de mil maneras, podría haber sido un trabajo en equipo, pero tú, en vez de eso, me amenazaste, me presionaste, te regodeaste con tu victoria.

Intentó encontrar al hombre que había vislumbrado en Grecia, al hombre abandonado por su padre y que, aun así, había llegado tan lejos. Al niño pequeño que se convirtió en una especie de rey por sus propios medios.

–Eres increíble –él fue a acercarse, pero pareció pensárselo mejor y se detuvo–. ¿De verdad estás diciendo que, si yo lo hubiese planteado de otra manera, tú habrías aceptado este matrimonio dando saltos de alegría?

–No lo sé, pero sí sé que no podías arriesgarte. ¿Cómo ibas a fingir que te abrías a mí para luego dar marcha atrás, como has hecho ahora, si yo quería una relación de pareja verdadera? Eso te habría impedido ser el íntegro y sincero de los dos. ¿Qué habría pasado entonces?

Ella no pudo evitar cierto sarcasmo y vio que él lo recibía con el ceño fruncido.

–A ver si lo adivino. Todo esto es culpa mía, ¿no? ¿Ahí quieres llegar?

–En absoluto –a ella le costó seguir mirándolo a los ojos, pero lo consiguió–. Tú querías que reaccionara como lo hice porque así serías el mártir y yo seguiría siendo la niña malcriada que incluso se ha mantenido virgen para fastidiarte.

–¿Por qué si no? –preguntó él sin disimular la impaciencia–. Si no fue para fastidiarme, ¿fue para anotarte otro punto en esta partida interminable?

–¿Tú por qué crees, majadero? –ella levantó las manos con impotencia–. ¡Fue por ti!


Nicodemus miró fijamente a su esposa y a esa guerrera que se había adueñado de ella, que le había sonrojado las mejillas y había hecho que los ojos agridulces le brillaran cegadoramente. Estaba perfecta con esa ropa increíblemente femenina, era la encarnación de su fantasía... y acababa de llamarlo majadero.

—¿Qué quiere decir por mí? —preguntó él como si estuviese aprendiendo inglés y no captara la mitad del significado.

—Quiere decir por ti —contestó ella con la voz algo alterada—. Siempre estuviste ahí, ¿no? Desde que tenía dieciocho años. ¿Cómo iban a competir contigo los chicos con los que salía? Fuera lo que fuese lo que sentía por ti, me desgastaba. Pasaba más tiempo pensando en cómo evitarte que en los chicos de los que estaba enamorada, en teoría. Nunca me pareció bien llegar más lejos cuando tú estabas dando vueltas en mi cabeza y en la siguiente fiesta, cuando estabas tan seguro de que acabaría contigo.

—Te cuidado, Mattie, o puedo tener la tentación de creer que te importo.

—Evidentemente, eso es lo que estoy intentando decirte. Estoy aquí, en tu despacho, después de que me abandonaras en una isla griega, en la otra punta del mundo. ¿Por qué si no iba a estar aquí? —le preguntó ella con el ceño fruncido.

—¿Por el sexo? —contestó él con acritud—. Como comentaste hace un momento, en la sala de espera.

—Claro, después de haber esperado veintiocho años para tener relaciones sexuales, lo natural es que, de repente, quiera acostarme con todo Manhattan. Como si fuese un grifo que puedo abrir o cerrar y... ¡vaya, lo dejaste abierto! Como si no tuviese nada que ver contigo —parecía tan furiosa que a él no le habría extrañado que lo hubiese abofeteado, pero ella se cruzó de brazos, aunque él ya se había quedado maravillado por sus pechos perfectos—. Eres un majadero.

–Lo he pasado por alto una vez, no me presiones.

–¡Es lo único que sé hacer! –gritó ella–. Además, Nicodemus, ¡es lo único a lo que reaccionas!

Él se acercó y ella retrocedió con los ojos furiosos clavados en él.

–No me toques –le ordenó ella–. Eso lo enreda todo.

Él distinguió todas las cosas que lo dominaban por dentro en ese momento, aunque no podía creerse ninguna. Triunfo, efectivamente. Esperanza, algo más difícil de asimilar. El mismo deseo desenfrenado... y ya sabía que ella superaba con creces todas sus fantasías.

–Querías sinceridad –siguió ella mirándolo con intensidad, como si todo eso le doliera–. No puedes cortarla a medias porque no encaja con la historia que te has contado sobre cómo iba a salir esto.

Ella había retrocedido hasta la pared de ventanales y él se dio cuenta de que la luz dorada del otoño hacía que pareciera un sueño, su sueño. Había tenido ese sueño. No hizo nada y esperó, aunque quizá fuese lo que más le había costado en su vida.

–Mi madre murió cuando yo tenía ocho años –Nicodemus sintió un escalofrío–, pero eso ya lo sabes.

–Claro –confirmó él, aunque no sabía por qué estaba tan desasosegado de repente–. Lady Daphne tuvo un accidente de coche mientras tu familia estaba de vacaciones en Sudáfrica. Fue una tragedia.

–Fue una tragedia –repitió ella con un susurro áspero–. Fue culpa mía.

Nicodemus la miró. Ella tragó saliva mirándolo a los ojos como si buscara su condena, pero debió de ver algo que la animó porque se aclaró la garganta y siguió.

–Yo estaba con Chase en el asiento trasero. Mi madre estaba en el asiento del acompañante hablando con el conductor. Yo estaba cantando. Chase me dijo que me callara, todos me dijeron que me callara, y le pegué.

Se le ensombrecieron los ojos y él se dio cuenta de que eso era su pesadilla, lo había revivido cuando la encontró en la caseta de la piscina.

—Lo siento —dijo él cuando ella parecía haberse perdido dentro de su propia cabeza—, pero no entiendo cómo pudiste causar un accidente desde el asiento trasero.

—Pegué a Chase —repitió ella como si ya se hubiese juzgado y sentenciado cientos de veces—. Él me provocó y volví a pegarle. Me dijeron que parara, pero seguí, estaba furiosa. Entonces, pegué al conductor y... acabamos en el arcén de la carretera y mi madre... —sacudió la cabeza y no acabó la frase—. Fue culpa mía, Nicodemus. Pegué al conductor y perdió el control del coche. Él también murió.

—Mattie, fue un accidente.

—Nada volvió a ser igual —susurró ella—. Nadie podía mirarme, ni Chase ni mi padre. Todos fingíamos, pero yo lo sabía. Incluso, nos hicieron mentir sobre lo que había pasado de verdad —se le llenaron los ojos de lágrimas—. Todo empeoraba cada vez que decía que Chase y yo no habíamos estado allí, que el accidente había pasado cuando ella estaba sola. Yo hice aquella cosa atroz, yo destrocé a mi familia y maté a un hombre inocente, pero, aun así, me protegían.

Él ya no pudo contenerse y la abrazó como siempre había querido abrazarla, como ella solo le había permitido que la abrazara aquella noche que la encontró llorando y presa de sus terrores internos. Ella tembló y él miró esos preciosos ojos devastados por las lágrimas otra vez. En ese momento entendía que ese remordimiento y esa desdicha habían estado detrás de todo desde el principio.

—Y tú me deseabas con tanto ahínco... —susurró ella—, pero yo sabía que no lo harías si lo supieras.

Él se separó un poco para tomarle la cara con las manos.

–Nada de lo que hubieses hecho habría conseguido que te deseara menos –replicó él con la voz ronca–. Y menos aún que te hubieses comportado como una niña cuando eras una niña. Fue un accidente espantoso y tú sobreviviste.

–¿Qué tipo de persona mata a su madre, Nicodemus? –preguntó ella con severidad.

–Yo –contestó él–. Soy tan culpable como tú.

–No es lo mismo.

–Sí lo es. Si yo era un niño al que no se podía responsabilizar de las consecuencias de su temeridad, tú también lo eras. Es posible que haya llegado el momento de que nos perdonemos a nosotros mismos.

Ella lo miró a los ojos y tomó aliento con tanta fuerza que él lo sintió dentro de sí mismo.

–Lo intentaré si tú también lo intentas –susurró ella.

Entonces, por fin, él la besó.


Con el segundo beso, ella se dio cuenta de que no había creído sinceramente que él no volvería a besarla jamás. Notó que él sonreía con la boca en su cuello y se dio cuenta de que lo había dicho en voz alta.

–Debería haberte besado en aquel baile de hace cien años y nos habríamos ahorrado todo este tiempo perdido, y todo este remordimiento innecesario –comentó él.

Ella abrió los ojos y lo miró, pero no supo qué vio en su rostro duro e implacable, lo que brillaba en esos ojos oscuros y que derretía el cristal duro y frío que había dentro de ella.

–Me diste por perdida, a los dos –dijo ella en un tono muy serio–. No vuelvas a hacerlo.

Él sonrió de oreja a oreja.

–Mi versión de darte por perdida fue firmar la fusión con la empresa de tu familia y volver a la ciudad donde vives –él tomó un mechón de pelo entre los dedos y la expresión de sus ojos hizo que ella quisiera llorar otra vez–. Creo que no tienes por qué preocuparte.

–Nunca duermo por la noche, Nicodemus, nunca. Sin embargo, sí dormí aquella noche en Grecia y, cuando me desperté, habías desaparecido.

–No quiero volver a jugar a lo que jugábamos, solo te quiero a ti.

–Puedes tenerme, pero quiero lo mismo a cambio.

Entonces, ella entendió que eso dejaba raíces dentro de ella, que la unía a él para toda la vida, sin testigos ni fotos para la prensa sensacionalista, solo ellos dos y la verdad.

–Soy tuyo, Mattie –la abrazó y la levantó del suelo–. Solo tenías que pedirlo.

–Te amo –susurró ella rodeándole el cuello con los brazos y sonriéndole–. Aunque, si te digo la verdad, Nicodemus, creo que siempre te he amado.

Lo besó y solo quedó el amor que había estado allí durante todos esos años, esperando a que ellos se diesen cuenta.


El sol del verano entraba por el ventanal y Mattie se despertó lentamente dejando que el calor y la luz la acariciaran como las diestras manos de su marido. Palpó la inmensa cama griega para encontrarlo y se despertó del todo cuando lo oyó reírse.

–¿Ya me echas de menos?

Abrió los ojos y vio a Nicodemus de pie, cubierto solo por una toalla y sonriente.

–Siempre –contestó ella–. Deberías haberme llevado contigo.

Era increíble lo que podía conseguir una noche sin despertarse, y mucho más tres años... tres años aprendiendo a amar a ese hombre como se merecía, tres años aprendiendo a dejarle a él que también la amara. Los tres mejores años de su vida.

–La última vez que intenté llevarte a la ducha sin que estuvieses preparada te pusiste como si fuese un atentado contra tu vida –le recordó él–. Estás preocupantemente perezosa, princesa.

–Es verdad –reconoció ella con una sonrisa–, y muy exigente.

Ella lo llamó con un dedo y Nicodemus, con un brillo de color miel en los ojos, reptó por la cama hasta ella y la besó con esa voracidad que la derretía por dentro.

–Te amo –susurró ella cuando él se apartó un poco antes de volver a besarla más apasionadamente todavía.

–Yo también te amo y por eso entenderás que no puedo tolerar los secretos entre nosotros. ¿No lo dejé lo bastante claro? Estoy seguro de que sí lo hice.

–No sé de qué estás hablando –mintió ella–. Soy una esposa ejemplar. ¿Qué más puedes pedir? Soy la decoración perfecta.

–La decoración no suele crear una empresa de relaciones públicas propia ni estar demasiado ocupada como para atender su objetivo principal, que es estar siempre cerca de mí y muy guapa –él la tomó en brazos y se dio la vuelta hasta que la tuvo de espaldas–. Eres demasiado profesional.

–Lo siento –no lo sentía en absoluto y se rio cuando él le mordió el lóbulo de la oreja–. Sé que me preferías cuando era una inútil malcriada.

Él se apoyó en un codo para mirarla y Mattie lo amó tanto que era como un oleaje que rompía contra ella y la bañaba con su dulzura. Le encantaba esa sonrisa que mostraba casi todo el tiempo y esa mirada que casi siempre era más radiante que sombría. Le encantaba lo bien que lo conocía y que, asombrosamente, él también hubiese llegado a conocerla. La intimidad compensaba el miedo y el dolor, la sensación de ser vulnerable, y todos los días aumentaba y empeoraba, todos los días mejoraba maravillosamente, milagrosamente.

—Dímelo —dijo él sonriéndole—, porque ya lo sé.

—Entonces, ¿por qué voy a decírtelo?

—La confesión es buena para el alma —contestó él acariciándole el cuerpo desde los pechos hasta el Ave Fénix que tenía tatuado en el abdomen—. Sobre todo, para la tuya.

—A lo mejor deberías darme unos azotes para que te lo diga —propuso ella sujetándole la mano encima de donde ya empezaba a crecer su hijo.

—Te has vuelto muy perversa —comentó él en un fingido tono de censura—. Los azotes eran un castigo, Mattie, no un placer.

—Mentiroso —le provocó ella.

—Te amo —repitió él—. A ti y al bebé, del que deberías haberme hablado hace dos semanas.

Él la castigó de esa manera tan maravillosa en que solo él podía castigarla, como lo hacía siempre. Como ella sabía que haría siempre, como sabía que el sol saldría a la mañana siguiente, como sabía que lo amaría toda la vida, como sabía que ese hijo tendría un padre que nunca le mentiría ni lo abandonaría.

\* \* \*

**Podrás conocer la historia de Chase Whitaker en el segundo libro de la serie *Votos de conveniencia* del próximo mes titulado:**
**SUYA POR VENGANZA**

# Bianca

**Una mujer despechada, un recién descubierto marido, una fogosa reconciliación…**

La experta en arte Prudence Elliot se quedó pasmada cuando un nuevo trabajo la llevó a reencontrarse con Laszlo de Zsadany, el irresistible hombre que pasó por su vida como un cometa, dejándole el corazón roto a su paso. Lo más sorprendente fue descubrir no solo que Laszlo fuese millonario, sino que además era legalmente su marido. Prudence era una adicción contra la que Laszlo no podía luchar, pero pensaba que la pasión que había entre los dos pronto se consumiría… sin embargo, pronto se vería obligado a admitir que el deseo que sentía por su mujer era un incendio fuera de control.

## PASIÓN HÚNGARA
### LOUISE FULLER

# Acepte 2 de nuestras mejores novelas de amor GRATIS

## ¡Y reciba un regalo sorpresa!

## Oferta especial de tiempo limitado

**Rellene el cupón y envíelo a**
**Harlequin Reader Service®**
3010 Walden Ave.
P.O. Box 1867
Buffalo, N.Y. 14240-1867

**¡Sí!** Por favor, envíenme 2 novelas de amor de Harlequin (1 Bianca® y 1 Deseo®) gratis, más el regalo sorpresa. Luego remítanme 4 novelas nuevas todos los meses, las cuales recibiré mucho antes de que aparezcan en librerías, y factúrenme al bajo precio de $3,24 cada una, más $0,25 por envío e impuesto de ventas, si corresponde*. Este es el precio total, y es un ahorro de casi el 20% sobre el precio de portada. ¡Una oferta excelente! Entiendo que el hecho de aceptar estos libros y el regalo no me obliga en forma alguna a la compra de libros adicionales. Y también que puedo devolver cualquier envío y cancelar en cualquier momento. Aún si decido no comprar ningún otro libro de Harlequin, los 2 libros gratis y el regalo sorpresa son míos para siempre.

416 LBN DU7N

| | |
|---|---|
| Nombre y apellido | (Por favor, letra de molde) |
| Dirección | Apartamento No. |
| Ciudad | Estado          Zona postal |

Esta oferta se limita a un pedido por hogar y no está disponible para los subscriptores actuales de Deseo® y Bianca®.
*Los términos y precios quedan sujetos a cambios sin aviso previo.
Impuestos de ventas aplican en N.Y.

SPN-03                                        ©2003 Harlequin Enterprises Limited

# La tentación era él

## Robyn Grady

Ante las crecientes amenazas a su famosa familia, Dex Hunter, dueño de un estudio cinematográfico, se hizo cargo de su hermano pequeño, para lo que intentó apartarse durante un tiempo de su vida habitual en Hollywood. La niñera que contrató para que le ayudara, Shelby Scott, lo cautivó, y estaba dispuesto a lo que fuera con tal de retenerla a su lado. Pero ella había cometido un grave error con otro hombre, y no estaba  dispuesta a repetirlo. Para ganársela, Dex debía demostrarle que estaba dispuesto a sentar la cabeza.

*El papel estelar de la niñera*

## ¡YA EN TU PUNTO DE VENTA!

# Bianca

## Una noche…
## un secreto que lo cambiaría todo…

Bastaba con ver al guapo y sofisticado Benedict Warrender para que Lily Gray, que siempre se había considerado la más fea del baile, se ruborizase. Pero el destino había hecho que coincidiese con él y, desde entonces, lo que hacía que le ardiesen las mejillas eran los recuerdos de la noche que habían pasado juntos. Una noche que le había cambiado la vida.

Lily se había marchado sin hacer ruido al enterarse de que Benedict estaba comprometido con otra mujer, y había lidiado con las consecuencias de aquella noche ella sola. Tres años más tarde, Benedict había descubierto su secreto. Y Lily se había preguntado si Benedict estaría dispuesto a sacrificarlo todo por el bien de su hija.

HARLEQUIN *Bianca*

KIM LAWRENCE
SU HIJA SECRETA

**SU HIJA SECRETA**
**KIM LAWRENCE**

## ¡YA EN TU PUNTO DE VENTA!